ऐसा कोई
सगा नहीं,
जिसको हमने
ठगा नहीं!

ऐसा कोई
सगा नहीं,
जिसको हमने
ठगा नहीं!

वैभव सुरेन्द्र तिवारी

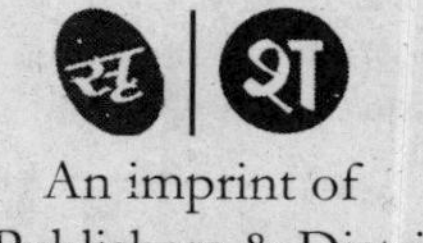

An imprint of
Srishti Publishers & Distributors

Srishti Publishers & Distributors
A unit of AJR Publishing LLP
212A, Peacock Lane
Shahpur Jat, New Delhi – 110 049

editorial@srishtipublishers.com

First Published by Shabd,
An imprint of Srishti Publishers & Distributors in 2026

10 9 8 7 6 5 4 3 2 1

Printed and bound in India.

सिद्धांत की याद में

C.H.S. (BHU) के 2005 से 2012 तक के सफ़र में अनगिनत यादें जुड़ी हैं, लेकिन कभी यह ख़याल ही नहीं आया कि उन पलों की एक तस्वीर भी खींच ली जाए।

पता नहीं उस दिन मन में क्या आया कि मैच जीतते ही
तुरंत एक तस्वीर लेने की चाहत जाग उठी।

उस दिन एक मलाल भी था—
कि सिद्धांत ने कभी मेरा थिएटर नहीं देखा था।
मैंने उससे कहा था कि दिखाऊँगा,
और यह भी कि अपनी ज़िंदगी पर कुछ ज़रूर लिखूँगा।

आज शर्मिंदगी इस बात की है
कि अब तक सिद्धांत के घरवालों से बात करने की हिम्मत नहीं जुटा पाया हूँ।
किस मुँह से बात करूँ—
यह सोचकर मन ठिठक जाता है
कि शायद अगर मैंने उसकी बातें ध्यान से सुनी होतीं,
या एक फोन और कर लिया होता,
तो हालात कुछ और हो सकते थे।

आभार

सबसे पहले, इस पुस्तक में जितनी भी अच्छी बातें आई हैं,
वे मेरे परिवार और दोस्तों की वजह से हैं।
और यदि इसमें कोई कमी, त्रुटि या भूल रह गई हो,
तो उसकी ज़िम्मेदारी पूरी तरह मेरी अपनी है।

C.H.S. (B.H.U.), KIIT और BIT जैसे शैक्षणिक संस्थानों का
मैं हृदय से आभार व्यक्त करता हूँ।
KIIT और BIT की विभिन्न सोसाइटियों का भी विशेष धन्यवाद।

सबसे अधिक आभार सृष्टि पब्लिकेशन का,
जिसने मुझ पर विश्वास किया
और इस किताब को उस योग्य बनाया
कि मैं इसे आप सभी के बीच लेकर आ सका।
आदरणीय आलिशा जी, अरूप जी और स्तुति जी का
तहे दिल से धन्यवाद।

इस पुस्तक में कुछ स्थानों पर
मैंने कुछ पेय पदार्थों का उल्लेख किया है,
जो पूरी तरह कल्पनात्मक है।
मेरे सभी मित्र अच्छे हैं—
हमारी बातें ही कुछ ऐसी होती हैं
कि लोगों को लगता है

कि बिना कुछ पिए ऐसी बातें संभव नहीं।
समाज में स्वीकार्यता बनाए रखने के लिए
मैंने ऐसा उल्लेख किया है, बस।
मेरे सभी दोस्त हीरे हैं—बिल्कुल हीरे।

अब घर-परिवार की बात करूँ तो
रिश्तेदारों से ही परिवार बनता है,
और उन्हीं की वजह से मेरा अस्तित्व है।
उनके बारे में कहने लायक
शिक्षा और समझ
मैंने अभी तक पूरी तरह अर्जित नहीं की है।

यदि कहीं कोई गलती लगे,
तो कृपया क्षमा कर दीजिएगा।
और यदि कुछ सही लगे,
तो अपना स्नेह अवश्य दीजिएगा।

प्रणाम।

परिचय

ठग भी एक अजीब किस्म के लोग होते हैं, साहब।
ठगी के सिवा न उनका कोई धर्म होता है, न ठिकाना।
ये अकसर आपको अपना बना लेते हैं, बड़ा प्यार जताते हैं,
और जैसे ही आप इन पर भरोसा करने लगते हैं,
उसी वक्त ये ग़ायब हो जाते हैं।
आप कुछ देर तक उनका इंतज़ार करते रहते हैं,
फिर उन्हें ढूँढ़ने निकल पड़ते हैं।

आपके मन में कई ख्याल आते हैं,
लेकिन आपको अपने भरोसे पर यक़ीन होता है।
धीरे-धीरे वक्त के साथ सब समझ आने लगता है,
पर तब तक आप सच-झूठ, सही-ग़लत के फर्क को समझ नहीं पाते।
ठग आपके भरोसे को लूट लेते हैं।

इनकी पहचान करना आसान नहीं होता,
क्योंकि ये हमेशा किसी और का चेहरा ओढ़े रहते हैं।
मुस्कुराते हुए, मीठी बातों से किसी को भी अपने जाल में फँसा लेते हैं।

इनकी कहानियाँ आपको अपनी तरफ खींच लेती हैं,
पर हर कहानी के पीछे एक ना एक मकसद ज़रूर छिपा होता है।

साहब, ये ठग इंसान की फ़ितरत के सबसे गहरे अँधेरों को जानते हैं।
इन्हें मालूम है लोग क्या चाहते हैं, किससे डरते हैं, और क्या सुनना पसंद करते हैं।

ये आपको वही दिखाते हैं जो आप देखना चाहते हैं।

और जब आप उनकी बातों में खो जाते हैं,

तब तक आपका सब कुछ इनके हाथों में जा चुका होता है।

ये ठग सिर्फ पैसे या दौलत के पीछे नहीं होते,
ये आपकी भावनाओं, आपकी उम्मीदों और आपके सपनों को भी लूट लेते हैं।
और जब तक आपको होश आता है, तब तक बहुत देर हो चुकी होती है।

ये समझ पाना बड़ा मुश्किल हो जाता है
कि हमारे आस-पास कौन ठग है, और कौन नहीं।
और कहीं वो ठग आप ही तो नहीं?

कभी-कभी सच वही होता है,
जो पहली नज़र में झूठ लगता है।

अँधेरे को समझने के लिए लोग अकसर रोशनी कर देते हैं,
जबकि ज़रूरत उसमें उतरकर उसे महसूस करने की होती है।

ये ठगों की कहानी है, जो आपको कई बार ठगेगी।
ठगों की दुनिया में आपका स्वागत है।

1. आघात
(Shock)

डेथ विश

शाम का समय था, सूरज लगभग ढल चुका था। ठंड का मौसम था, इसलिए शाम के करीब छह बजे ही अँधेरा घिरने लगा था। पुलिस स्टेशन के पीछे एक छोटा-सा, पुराना स्टाफ रूम था—पुराने डिज़ाइन का, जिसकी छत लेंटर पटिया की बनी हुई थी। करीब बीस इंच मोटी दीवारें जगह-जगह से चूना छोड़ चुकी थीं। उन्हीं दीवारों पर दो लकड़ी की खूंटियाँ टँगी थीं, जिन पर कुछ कपड़े लटक रहे थे।

ठीक उसके नीचे दो फोल्डिंग बेड थे, जिनके प्लास्टिक के ताने ढीले हो चुके थे और उन पर बिछाया हुआ गद्दा उनमें धंस चुका था। उनके बगल में एक पुरानी और मज़बूत लकड़ी की टेबल थी, जिसका रंग देखकर लगता था कि वह कभी लाल रंग की रही होगी।

उस पर फाइलों के साथ-साथ मैगी, चाबियाँ, पेन, कागज़, मोज़े, घड़ी, साबुन, कैटल और लगभग हर वह ज़रूरी सामान रखा था, जिसकी ज़रूरत वहाँ रहने वाले व्यक्ति को प्रतिदिन पड़ती थी। और पास में एक प्लास्टिक की कुर्सी रखी हुई थी, जिसका एक हाथ टूटा हुआ था और जिसे लोहे के पतले तार से छेद करके कुर्सी के पैर से बाँधा गया था।

उसी कुर्सी पर बैठे, सिर दीवार से लगाकर, आँखे बंद करके इंस्पेक्टर सिद्धार्थ अपनी थकान मिटा रहे थे। तभी एक अनजानी, प्यारी-सी आवाज़ ने उन्हें जगा दिया—

“हेलो भैया।”

वह लगभग 11-12 साल का बच्चा था, जो स्कूल यूनिफ़ॉर्म में उनके सामने खड़ा था। उसका चेहरा कुछ जाना-पहचाना सा लग रहा था। वह सिद्धार्थ को

देखकर ऐसे खुश हुआ, जैसे किसी अनजान शहर में अचानक कोई दोस्त मिल गया हो।

"भैया, आपने शायद मुझे नहीं पहचाना... !"

उस बच्चे के चेहरे से वह खुशी धीरे-धीरे गायब होती दिखी, और सिद्धार्थ उसके चेहरे पर उभरते भावों को साफ़-साफ़ पढ़ पा रहा था।

"कोई बात नहीं भैया, मैं आपको पहचानता हूँ।"

छोटे बच्चे ने ऐसे भाव से यह बात कही कि अब पूरा दारोमदार सिद्धार्थ के कंधों पर आ गया था कि वह किसी भी तरह उस बच्चे को पहचान ले।

वो लड़का अपनी पहचान पक्की करने के लिए बताने लगा—

'आप अक्सर हिंदू स्कूल में हॉस्टल के सामने वाले मैदान में क्रिकेट मैच देखने रुकते थे। वहाँ एक छोटी-सी टीम खेला करती थी, और आप पूरे मैदान के अन्य मैचों को छोड़कर उसी टीम का खेल देखा करते थे।'"

सिद्धार्थ अपने दिमाग पर ज़ोर डालते हुए तेज़ी से यादों के पन्ने पलट रहा था, और साथ ही उस लड़के की बातें भी ध्यान से सुन रहा था।

"और मुझे लगता था कि आप केवल मेरी बैटिंग ही देखते थे। मेरी बैटिंग बहुत अटैकिंग नहीं होती थी; वह डिफेंसिव थी, और मेरा ऑफ साइड खासतौर से मज़बूत था।

यह पहली बार हो रहा था कि कोई सेलिब्रिटी, जिसे देखने फैंस आया करते थे, वह खुद किसी फैन को याद दिला रहा था कि वह कौन है। सिद्धार्थ अब बस जल्द से जल्द उसे बताना चाहता था कि वह उसे पहचान गया है और वह उसका सच्चा फैन है।

"और तुम बैक-फुट पंच, कट और लेट कट बहुत शानदार खेलते थे... अरे, छोटू पार्थिव पटेल! तुम कैसे हो?" पूरी तरह खुश होते हुए सिद्धार्थ ने कहा, मानो उसे अपना बचपन याद आ गया हो।

उसी पल, जैसे शतक पूरा होने पर बल्लेबाज़ हेलमेट उतारकर लंबी साँसें लेकर जश्न मनाते हैं, ठीक वैसे ही सिद्धार्थ के लिए भी वह पल प्रेशर रिलीज़ होने जैसा था। अब फैन और सेलिब्रिटी एक-दूसरे को पहचान चुके थे।

"हाँ, भैया... वो मैं ही था।"

एक संतोष उस बच्चे के चेहरे पर झलक उठा, मानो उसने बड़ी कोशिश के बाद आखिर अपनी पहचान बता दी हो। वरना वह कैसे बता पाता कि वह कौन है? या शायद वह आगे की बात ही नहीं कर पाता, जिसके लिए वह यहाँ आया था।

"अरे, तुम्हारा बैक-फुट कितना स्ट्रॉन्ग था, और फ्रंट डिफेंस... ओह, काफी स्टाइलिश बैटिंग करते थे तुम!"

सिद्धार्थ ने अपनी पहचान पक्की करते हुए कहा, मानो यह कह रहे हों—'भाई, सच में मैंने तुम्हें पहचान लिया है; यह बस यूँ ही नहीं है।'

"थैंक यू, भैया... और सच कहूँ तो आपको इंप्रेस करने के चक्कर में मैं थोड़ा-बहुत स्टाइल भी दिखाया करता था।"

उस बच्चे की आँखों में और अधिक चमक आ गई थी। क्रिकेट चीज़ ही ऐसी है—आप क्रिकेट छोड़ सकते हो, पर क्रिकेट आपको नहीं छोड़ सकता।

"तो, यहाँ कैसे?" सिद्धार्थ ने मुस्कराते हुए पूछा।

"भैया, मैंने आपका वीडियो इंस्टाग्राम पर देखा था। आपने कहा था कि यदि कोई प्रॉब्लम हो, तो कोई डिसीजन लेने से पहले एक बार दोस्त समझकर मुझसे बात करो; इसलिए मैं यहाँ चला आया।"

यह कहते-कहते उस बच्चे के चेहरे से चमक गायब हो गई और उसकी जगह एक मायूसी ने ले ली।

सिद्धार्थ ने मूड को हल्का करने के लिए कहा, "तो क्या मैंने फील्ड में आना छोड़ दिया, इसलिए तुम यहाँ तक आ गए?"

शायद सिद्धार्थ को यह बिल्कुल नहीं पता था कि गंभीर स्थिति में कैसे बात करनी चाहिए।

"हाहाहा... अरे नहीं, भैया..."

उस बच्चे की मुस्कान इतनी अजीब थी कि सिद्धार्थ खुद अपने मज़ाक पर शर्मिंदा हो गया।

"अरे, मेरा मतलब वह नहीं था..."

सिद्धार्थ अपनी बुरी टाइमिंग वाले जोक पर शर्मिंदा हुआ और अपनी गलती सुधारने के लिए बोला, "अच्छा, छोड़ो। अपनी प्रॉब्लम बाद में बताना, पहले ये बताओ, कैसे हो? और क्या अभी भी क्रिकेट खेलते हो, या छोड़ दिया?"

सिद्धार्थ ने उसकी समस्या समझने से पहले उसे सहज करना चाहा, ताकि वह अपनी पूरी बात साफ-साफ बता सके।

"अरे, कुछ नहीं, भैया, छोड़िए आप... अपना बताइए।"

अब वह बच्चा भी वैसे ही व्यवहार करने लगा, जैसे घर आए मेहमान से पैसे लेने में बच्चे कभी-कभी ओवरएक्टिंग करते हैं।

"मेरा सब बढ़िया... ठीक है। एक काम करो, अपनी प्रॉब्लम मत बताओ; इसके बजाय मुझसे कोई भी सवाल पूछो। क्या पूछना चाहोगे?"

सिद्धार्थ अब भी अपने उस मज़ाक को लेकर थोड़ा शर्मिंदा था। कई बार हम छोटी-सी गलती को बड़ा समझकर उसे ठीक करने के चक्कर में खुद पर बेवजह दबाव डाल लेते हैं।

सिद्धार्थ बिल्कुल एक बड़े भाई की तरह उसे सहज करने में लगा था, और वह बच्चा शायद थोड़ा ज़्यादा ही सहज हो गया।

"एक बात तो है भैया, जो मैं कब से सोच रहा हूँ। पूछ लूँ?"

"हाँ, हाँ, बेझिझक पूछो..."

सिद्धार्थ मुस्कुराते हुए कुर्सी आगे सरकाकर ठीक उसके सामने बैठ गया। थोड़ा झुककर, दोनों हाथों को घुटनों पर टिकाया और उंगलियों को आपस में जोड़कर वह मानो किसी इंटरव्यू राउंड के लिए तैयार हो चुका था।

"ओके... तो भैया, आपने ये वर्दी मेरे जैसे छोटे बच्चे की कहानी सुनने के लिए तो नहीं पहनी होगी। फिर ये कहानी सुनने का भूत आप पर कैसे सवार हो गया? क्या आपको ये अजीब नहीं लगता?"

यह सुनकर सिद्धार्थ एक पल के लिए सन्न रह गया। वह दुनिया के किसी भी सवाल की उम्मीद कर सकता था, लेकिन यह बच्चा उससे इतना सीधा और बेबाक सवाल करेगा, यह उसने कभी सोचा भी नही था।

उसे ऐसा लगा मानो जिसे वह बच्चा समझकर हल्की-सी स्लो स्पिन गेंद डाल रहा था, उसने आगे बढ़कर उस पर सीधा छक्का जड़ दिया हो।

सिद्धार्थ ने गुस्से से उस बच्चे की आँखों में देखा, ताकि वह डर जाए। लेकिन उसकी खोखली हँसी और आँखों में छिपा पछतावा इतना साफ था कि उसे देखकर सिद्धार्थ सिर से पाँव तक सिहर उठा। यह हँसी उसने पहले भी कहीं देखी थी—एक ऐसी हँसी, जिसमें हँसी कम और दर्द ज़्यादा छिपा होता है।

वह चाहता तो था कि उस बच्चे को डाँटकर भगा दे, पर उसके मुँह से एक आवाज़ तक नहीं निकली। वह इस तरह की बेबाकी को पहचानता था।

अब तक उसके पास या तो नशेड़ी आते थे अपनी कहानी सुनाने, या फिर वे रोडसाइड रोमियो, जो लड़की के इनकार पर जान देने की धमकी देते थे। लेकिन पहली बार उसने किसी बच्चे की आँखों में वही देखा था—वही सच्चाई, वही गहराई—जो उसने उन आँखों में देखी थी, जिनकी वजह से यह पूरी कहानी शुरू हुई थी।

सिद्धार्थ

सिद्धार्थ लगभग 35–36 वर्ष का एक पुलिस इंस्पेक्टर था। उसकी लंबाई लगभग 5 फुट 7–8 इंच थी, लेकिन वुडलैंड के जूते पहनने के बाद दह अक्सर सबको 5 फुट 10 इंच बताता। शरीर के हिसाब से उसका चेहरा कुछ भरा-भरा था। देखने से लगता था कि वह कभी गोरा रहा होगा, क्योंकि अब उसके चेहरे का रंग एक अजीब-सा मटमैला हो गया था। उसे देखकर ऐसा लगता था कि वह काफ़ी हैंडसम हो सकता था, पर कहीं न कहीं कोई कमी थी, जो उसे उतना हैंडसम नहीं दिखने दे रही थी।

उसका हेयरस्टाइल हमेशा अजीब-सा बिखरा हुआ रहता था। होंठों से सटे हुए हल्के-से बाल, जिन्हें वह शायद मूँछ कहता था, दोनों ओर झुके हुए ऐसे लगते थे—मानो किसी ट्रिमर से बस दो-तीन नंबर पर उतारे गए हों। कभी उसका थोड़ा-सा निकला हुआ पेट, कभी उसकी पूरी तरह न बढ़ी हुई लंबाई—कुछ तो ऐसा था जो उसे "हीरो पुलिस ऑफिसर" की छवि बनाने से रोक देता था। हाँ, उसकी एक बात जरूर ख़ास थी—उसकी मुस्कान। लेकिन वो भी इतनी बार और इतना ज़्यादा हँसता था कि उसकी वो लगातार "हे-हे-हे" वाली हँसी लोगों को हँसाने के बजाय चिढ़ाने लगती थी।

वह हाल ही में बिहार के कैमूर ज़िले के भरमुआ थाने में तबादला होकर आया था। यह शहर और यह थाना—दोनों ही उसके लिए नए और कुछ अजीब से थे। भरमुआ बिहार का एक छोटा-सा, पर प्यारा कस्बा था। इतना छोटा कि

यदि उसके मुख्य बाज़ार एकता चौक को केंद्र मानकर लगभग एक किलोमीटर का घेरा बनाया जाए, तो पूरा शहर उसी घेरे में समा जाए। उस एक किलोमीटर के दायरे के भीतर ही घनी आबादी और सारा शोर-शराबा बसा हुआ था। मानो वहाँ के लोगों को लगता हो कि घर से बाहर कदम रखते ही सीधे मुख्य बाज़ार में पहुँचना चाहिए—वरना फिर शहर में रहने का फ़ायदा ही क्या?

एकता चौक से लगभग 150 मीटर पूर्व दिशा में बढ़ने पर भरमुआ थाना था। यह थाना असल में एक बड़ा, पुराना बंगला था, जो दो हिस्सों में बँटा हुआ था। बंगले के आगे वाले हिस्से में ट्रैफ़िक पुलिस का डेरा था, जबकि उसका पिछला हिस्सा सदर थाने के लिए रखा गया था। इस बंगले में घुसने के लिए दो मुख्य दरवाज़े थे—एक पश्चिमी कोने पर और दूसरा पूर्वी कोने पर।

पश्चिमी दरवाज़े से ज़्यादातर ट्रैफ़िक पुलिस आती-जाती रहती थी, जबकि पूर्वी दरवाज़े से सदर थाने की पुलिस अंदर जाती थी। यहीं थोड़ी दिक़्क़त भी थी—पूर्वी दरवाज़े से अंदर जाते ही थाने के ठीक पीछे एक इंग्लिश स्कूल पड़ता था। नतीजा यह था कि चाहे मन हो या न हो, पुलिस को वह रास्ता स्कूल के साथ शेयर करना पड़ता था।

थाने में पुलिसकर्मियों के आने-जाने का समय भी तय था—सुबह आठ बजे से पहले या फिर दस बजे के बाद। कारण यह था कि पश्चिमी दरवाज़े की ओर सुबह-सुबह ट्रैफ़िक पुलिस अपनी बैरिकेडिंग लगाकर हेलमेट और काग़ज़ात की जाँच में व्यस्त रहती थी। वहीं, पूर्वी दरवाज़े पर हालात थोड़े अलग थे। वहाँ एक अंग्रेज़ी स्कूल का निजी सिपाही तैनात रहता—नीले रंग की वर्दी और नीली टोपी पहने, लगभग छह फ़ुट लंबा आदमी। हालाँकि उसकी उम्र सत्तर के आसपास थी और शरीर छाती के बाद से थोड़ा झुका हुआ था, फिर भी वह अकेले ही ट्रैफ़िक सँभाल लेता था।

वह पहले बैरिकेड खींचकर गाड़ियाँ रोकता, फिर बच्चों से भरी बसों को उस साझा रास्ते से अंदर जाने देता। साइकिल पर आने वाले छात्र भी उसी समय अंदर चले जाते। इसके बाद कुछ मिनट ट्रैफ़िक खुला छोड़ता और फिर अगली बच्चों की क़तार आने पर दोबारा रोक देता। ऐसे ही, ये बूढ़ा सिपाही हर दिन पूरे धैर्य और आत्मविश्वास के साथ ट्रैफ़िक संभालता था।

वह अपने काम को इतनी ईमानदारी और फुर्ती से करता था कि उस पर कोई उंगली भी न उठा सके। बस के भीतर मुड़ते ही वह बड़ी तेज़ी से बैरिकेड हटा देता, ताकि रुका हुआ ट्रैफ़िक तुरंत निकल सके। जहाँ एक ओर बैरिकेड लगाने और हटाने में तीन-तीन ट्रैफ़िक पुलिस के हवलदार जुटे रहते थे, वहीं दूसरी ओर वह अकेला ही पूरे आत्मविश्वास और सहजता से आधे घंटे तक ट्रैफ़िक संभालता और मानो सभी को अपनी मर्ज़ी के अनुसार नचाता रहता।

ट्रैफ़िक में फँसने पर सिद्धार्थ ने कई बार गाड़ी में बैठे-बैठे ही अपनी नज़रों से शहर का मुआयना किया था। शहर में अधिकतर इमारतें दो मंज़िला ही दिखाई देती थीं, जो मुख्य सड़क पर थीं और ज़्यादातर व्यापार के काम में इस्तेमाल होती थीं। मात्र दो-चार इमारतें ही चार मंज़िला या उससे ऊँची थीं, और दूसरी मंज़िल के ऊपर ये घर फ़्लैट्स में बदल जाते थे।

थाने के बिल्कुल सामने एक पुरानी चार मंज़िला इमारत थी, जिसमें एक अस्पताल चलता था। इमारत के बाहर भगवान राम, लक्ष्मण और सीता जी की एक बड़ी तस्वीर लगी थी, लगभग 20 फ़ुट लंबी और 15 फ़ुट चौड़ी। इतनी बड़ी तस्वीर को सीधा लगाने के लिए इमारत में पर्याप्त जगह नहीं थी। इसलिए राम और लक्ष्मण जी की प्रतिमाएँ तो पूर्व की ओर देखकर लगाई गईं, लेकिन सीढ़ियों वाले हिस्से में जगह कम होने की वजह से सीता जी की प्रतिमा को थोड़ा अलग रखना पड़ा, जिससे वो पूर्व-दक्षिण दिशा की ओर देख कर आशीर्वाद देती दिखाई देती थीं।

इस तरह आशीर्वाद का बंटवारा भी बराबर हो गया था—सारा आशीर्वाद सिर्फ पूर्व दिशा वालों तक ही नहीं, बल्कि थोड़ी-सी हिस्सेदारी दक्षिण दिशा वालों तक भी पहुँच जाती थी। और जब भी सिद्धार्थ ट्रैफ़िक में फँसते, लगभग तय समय पर उनका फ़ोन बज उठता। स्क्रीन पर चमकता नाम हमेशा वही रहता— "चिकना पंकज"।

पंकज, सिद्धार्थ का क्लासमेट था। उसकी लंबाई लगभग 5 फुट 5 से 6 इंच थी और शरीर कुछ भरा-भरा था। घुँघराले लंबे बाल उसे पुरानी फ़िल्मों के संजय दत्त जैसी लुक देते थे। उसके चेहरे पर मूँछ-दाढ़ी का नामोनिशान तक नहीं था। उसने कई बार कोशिश की, परंतु मूँछ और दाढ़ी कभी उग ही नहीं पाई।

उसने छठी-सातवीं क्लास से ही ब्लेड से शेव करना शुरू कर दिया था। अलग-अलग शेविंग क्रीम लगाकर वह अपने चिकने गालों पर रेज़र बेरहमी से चला देता। कभी तो गाल से बाल खोद कर निकाल लाने की नीयत से भी रेज़र को घसीट देता। नतीजा यह हुआ कि चेहरे पर कट और निशान तो मिल गए, पर बालों का नामोनिशान तक नहीं उगा।

बारहवीं क्लास खत्म होते-होते उसकी सिद्धार्थ से बहुत अच्छी दोस्ती तो नहीं हुई थी, लेकिन आपसी समझ और एक अच्छी-सी गुडविल ज़रूर बन गई थी। बारहवीं के बाद सभी अपने-अपने जीवन में व्यस्त हो गए। शुरू में एक-दो साल तक स्कूल के दोस्तों की याद भी आती रही, मगर सबसे संपर्क रख पाना थोड़ा मुश्किल हो गया था। इस बीच फ़ेसबुक पर फ्रेंड लिस्ट भी 50–60 से बढ़कर 500–600 तक पहुँच चुकी थी।

कॉलेज में हर किसी की अपनी-अपनी दुनिया थी। कुछ छात्र IIT और मेडिकल की तैयारी में लगे रहते। जिनका चयन IIT, NIT या किसी सरकारी कॉलेज में हुआ, उन्होंने सिर्फ अपने दोस्तों को फ़ोन करके बताया ही नहीं, बल्कि

एडमिशन के तरीके से जुड़े टिप्स भी दिए। वहीं, कुछ दोस्तों की कोचिंग संस्थाओं ने उनकी छोटी-छोटी पासपोर्ट साइज तस्वीरें अख़बारों और शहर के चौक-चौराहों पर चिपका दीं, जो बाद में सोशल मीडिया पर भी पोस्ट होने लगीं।

इस भाग-दौड़ में, अपनी-अपनी जगह बनाने और समाज में इज़्ज़त कमाने की होड़ में, छोटे-मोटे दोस्त केवल नाम बनकर रह गए—ऐसे लोग जिन्हें अब केवल किसी किस्से-कहानी में ही याद किया जाता था। और वह भी ग्रुप में से केवल किसी एक या दो को ही याद आते थे। अक्सर लोग उन्हें यह कहते हुए याद करते थे:

"अरे, याद है उस लड़के को जिसे दाढ़ी नहीं आती थी? हर दिन शेव करता था, उसका बड़ा-सा नाक—जितना लंबा उतना चौड़ा... क्या नाम था भाई उसका... ."

"अरे, चिकना पंकज..."

"हाँ! वह आजकल कहां है?"

लेकिन किसी को सच में पता नहीं था कि पंकज कहाँ है।

कॉलेज की रफ़्तार भरी जिंदगी में अक्सर कई पुराने स्कूल के दोस्त पीछे छूट जाते हैं। और जब एक-एक दिन बीतता है और समय निकलता है, तो यह पता ही नहीं चलता कि *फ्रेशर* से *फेयरवेल* के बीच एक उम्र कैसे कट गई। प्लेसमेंट की खुशी आपको एक कुर्सी की पेटी से बाँधकर 9 से 5 की नौकरी में कब फँसा गई, यह भी अहसास नहीं होता। धीरे-धीरे वही जीवन, जहाँ वीकेंड का इंतज़ार होता और कॉलेज की यादों में बीतता था।

सिर्फ एक साल में ही लगभग 50–60 प्रतिशत लोग समझ गए थे कि हर दिन स्क्रीन के सामने बैठकर केवल घड़ी में पांच बजे का इंतजार करना उनके बस की बात नहीं है। और उनमें से एक था सिद्धार्थ। हर एक घंटे पर कोई न कोई

टी-ब्रेक या सुट्टा-ब्रेक के लिए निकलता, तो सिद्धार्थ अक्सर उसके साथ हो जाता। कैंटीन में बैठकर डम्ब-शैरेड्स खेलना, अगले वीकेंड की ट्रिप प्लान करना—यही सब आमतौर पर पाँच बजे तक खत्म हो जाता। फिर वह क्यूबिकल लौटता, अपना बैग समेटता और 5:05 बजे ऑफिस के गेट के बाहर, गोल्ड फ्लेक की छोटी सिगरेट को माउथ टू माउथ *CPR* देते हुए दिखाई देता।

सिद्धार्थ के घरवाले भी उसकी सालाना सैलरी को महीने की सैलरी बनाकर बताते, ताकि उनकी इज़्ज़त और बढ़े। कभी-कभी तो खास रिश्तेदारों के सामने असली सैलरी में एक 'शून्य' बढ़ा देना भी ज़रूरी समझते थे। ये उनके यहाँ एक तरह की परंपरा थी—और सबको ये बिल्कुल जायज़ भी लगता था।

रिश्तेदारों को बताने के अपने कुछ फिक्स नियम थे—जैसे नियम नंबर **139** कहता था, "हाइट और सैलरी जितनी बढ़ा-चढ़ाकर बता सको, उतना अच्छा। चाहे इसके लिए लोन ही क्यों न लेना पड़े, या एड़ी उचकाकर उँगलियों के बल खड़े होकर फोटो क्यों ना खिंचवानी पड़े।"

ऐसे ही नियम नंबर **140** के मुताबिक, "उम्र और कमर जितनी कम बताओ, उतना बढ़िया। चाहे इसके लिए बालों में डाई लगानी पड़े या सांस रोककर फोटो खिंचवानी पड़े।"

घरवालों ने तो बड़ी ईमानदारी से बस उसी नियम पर अमल किया था, और देखते ही देखते आस-पड़ोस के गाँवों से सिद्धार्थ के लिए रिश्ते आने लगे। धीरे-धीरे सिद्धार्थ को एहसास हुआ कि ये नौकरी उसे एक ऐसी रैट रेस में धकेल रही है, जहाँ से निकल पाना लगभग नामुमकिन होगा। और फिर उसने अपने बिहारी घराने पर वो आखिरी दांव खेला—ऐसा दांव, जिसके बाद सबके तेवर अपने आप नरम पड़ गए...।

I... A... S...

भारतीय प्रशासनिक सेवा!

बिहार में अगर कोई बच्चा मैट्रिक यानी दसवीं की परीक्षा फर्स्ट डिवीजन से पास कर ले, तो ज़्यादातर माता-पिता की आँखों में बस तीन अक्षर चमक उठते हैं। ये अक्षर मानो मोटे अक्षरों (बोल्ड) में ज़ूम होकर एक "टिंग" की ध्वनि के साथ प्रकट होते हैं—वही तीन अक्षर, जिनके आस-पास हर सपना घूमता है...।

I... A... S..!

माता-पिता का इंटरव्यू, परिवार के नाम की चर्चा, और वो तमाम ज़मीन-जायदाद के झगड़े जो बस एक जॉइनिंग लेटर आते ही खत्म हो जाते—सब मिलकर एक तरह का त्योहार-सा माहौल बना देते थे। घर के आँगन में ज़मीन के कागज़ लेकर खड़े पटिदार और रिश्तेदार, आस-पड़ोस के लोग, "चौबे जी की जय हो, चौबे जी की जय हो..." के नारे लगाते हुए उनके पैर छूते। किसी के हाथ में ज़मीन के पेपर होते, तो कोइं बेटी का रिश्ता लेकर आता। जाने-अनजाने लोग घुटनों के बल बैठे रहते और उधर IAS बने बेटे के माता-पिता गर्व से वो नज़ारा देखते रहते।

माँ और बाबूजी उन झुके हुए सिरों के बीच ऐसे चलते जैसे आत्मविश्वास की रैंप पर हों, और फिर मीडिया वालों के सामने पहुँचकर बड़े गर्व से बताते कि किस तरह उन्होंने दिन-रात एक करके अपने बेटे को IAS बनाया।

उस वक्त पिताजी बड़े गर्व से बताते थे कि बचपन में जब उसे नींद नहीं आती थी, तो वे उसे महाभारत की कहानियाँ सुनाया करते थे—और वही बात इंटरव्यू में उसके काम आ गई।

इंटरव्यू के दौरान उससे पूछा गया— "अभिमन्यु चक्रव्यूह तोड़कर कैसे बाहर आया?"

सवाल सुनते ही वो जैसे बचपन में लौट गया—जब पिताजी उसे गोद में बिठाकर ये कहानी सुनाते थे। उसे याद आ गया कि अभिमन्यु कभी बाहर आया ही नहीं था; वह चक्रव्यूह के भीतर ही मारा गया था। यह एक ट्रिक *प्रश्न* था, जिसे उसने बड़ी सहजता और आत्मविश्वास के साथ सुधार दिया।

बस, उसी एक जवाब ने पूरा माहौल बदल दिया— पूरी बोर्ड खड़ी हो गई, तालियाँ बजीं और किसी ने हैरानी से पूछा— "इतनी गहरी बात तुम्हें कैसे पता?"

उसने हल्की नमी भरी आँखों से मुस्कुराते हुए कहा— "मुझे सब मेरे पिताजी ने बताया है।"

"अम्मा, हम IAS बनना चाहते हैं!"

सिद्धार्थ की आवाज़ ने उसकी माँ को उनके सपनों की दुनिया से खींचकर अचानक हकीकत में लौटा दिया।

"क्या कहती हो? पहले तैयारी करके एक साल देख लें?"

सिद्धार्थ को पता था कि उसका ये आख़िरी दाँव फेल नहीं जाएगा। फिर भी उसने थोड़ा मासूम बनकर और नम्रता से पूछा, मानो माँ यदि मना कर दें तो वह यह कदम नहीं उठाएगा।

"छोड़ दो नौकरी-चाकरी, घरे खाए के कमी नइखे, तोके देश के सेवा करे खातिर पैदा कइले हई, जा आपन रास्ता खुदे तय करा!" (*माँ ने कहा* तुम्हें देश की सेवा के लिए पैदा किया गया है, अब अपना रास्ता खुद चुनो!)

सिद्धार्थ समझ चुका था कि उसकी अम्मा, जैसे *सूर्यवंशम* की अमिताभ बच्चन बनने की पूरी तैयारी कर चुकी हों, अब उसे सही रास्ता दिखाने के लिए तैयार थीं। और शायद वही अधूरा रह गया इंटरव्यू, जो उनकी दूसरी दुनिया में रह गया था, अब फोन पर ही उसे पूरा कराना चाहती थीं।

उससे पहले ही सिद्धार्थ ने कहा, "ठीक है अम्मा, प्रणाम!" और फोन काट दिया।

सिद्धार्थ अगले दिन अपना *इस्तीफ़ा* देने निकल पड़ा। उसके मन में तरह-तरह के ख्याल उमड़ रहे थे। उसने सुना था कि जब भी कोई कर्मचारी इस्तीफ़ा देता है, एच आर यानी मानव संसाधन के लोग बुरी तरह घबराते हैं, कभी-कभी कर्मचारियों के पैरों में गिरकर कहते हैं—मत जाओ, वरना कंपनी का क्या होगा। लिंगराज ने दो साल में चार बार इस्तीफ़ा नुक्ता देकर हाइक पाई थी, और अगर उसे भी 350 प्रतिशत की हाइक मिल जाए, तो यह सोचने लायक था कि इतनी बुरी भी लाइफ नहीं है। कंपनी इतनी बुरी भी नहीं है।

यह सब सोचते-सोचते जब सिद्धार्थ HR के ऑफिस पहुँचा, तो देखा कि वहाँ एक 45 साल का आदमी बैठा था, जिसने सिद्धार्थ की ओर देखकर साधारण-सा "हैलो" कहा। सिद्धार्थ अब तक सिर्फ ईमेल से ही HR से जुड़ा था और अपने क्यूबिकल में इतना समय बिताया था कि कभी सीधे मिलना हुआ ही नहीं। उसे तो लगता था कि एचआर सिर्फ महिलाएँ ही होती हैं और पुरुष इसमें नहीं आते। पर फर्क क्या पड़ता! उसका मकसद सिर्फ अपना इस्तीफ़ा देने का ही था।

सिद्धार्थ पूरे स्टाइल में बोला, "मैं रिज़ाइन करने आया हूँ।" और पत्र थमा दिया।

हालाँकि यह काम ईमेल से भी हो सकता था, लेकिन सिद्धार्थ को वह अनुभव चाहिए था—जहाँ पत्र सीधे सामने रखा जाए और उसकी गंभीरता महसूस हो। इसलिए उसने उचित समझा को आवेदन की हार्ड कॉपी में ही देना चाहिए।

HR ने दस्तावेज़ पर एक नज़र डाली और सिर हिलाते हुए कहा—"हम्म..!"। उसने दूसरी हथेली बढ़ा दी।

सिद्धार्थ को समझ में नहीं आया। उसने सिर झुकाकर शक भरी आवाज़ में पूछा—"उह..??"

HR ने केवल हथेली की ओर इशारा किया और सिर को बाएँ झुकाया।

सिद्धार्थ ने भी उसकी हथेली पर HI-five किया, पास पड़ी कुर्सी खींचकर बैठ गया और बोला, "ओह माय गॉड! आप भी रिजाइन दे रहे हैं... Hi Five! क्या कॉइंसीडेंस है, मज़ा ही आ गया!"

"अरे, अपना *आईडी* कार्ड दो और चले जाओ!" HR ने चिढ़कर बीच में ही कहा।

सिद्धार्थ आधे बैठे हुए कुर्सी से उठा, गले में पड़ा पट्टा निकालकर HR के हाथ में थमा दिया और जाने लगा। तभी उसे कुछ याद आया। वह मुड़ा और पूछा, "क्या मुझे नोटिस पीरियड पूरा करने के लिए नहीं कहा जाएगा?"

चश्मा नाक पर टिकाए हुए, HR ने चश्मे के ऊपर से सिद्धार्थ की ओर नज़र डालते हुए उसे बुलाया और पूछा, "तुम पे कोई dependencies हैं?"

सिद्धार्थ या तो ठीक से सुन नहीं पाया या वह सुनने और समझने की ताकत खो चुका था। जो सपना उसने अपने मन में सजाया था— HR का पैर पकड़कर गिड़-गिड़ाना और उसका मुँह पर इस्तीफा फेंकना—वो अब बस सपना ही रह गया।

HR ने कहा— "तुम पिछले तीन महीनों से बेंच पर हो। कोई तुम्हें प्रोजेक्ट में शामिल नहीं कर रहा। अच्छा हुआ कि तुमने जॉब छोड़ने का सोचा... हम एक भी दिन का पैसा क्यों खर्च करें? नोटिस पीरियड में क्या सेवा करोगे? तीन महीने कैंटीन में चाय पीने की सैलरी चाहिए या डम्ब-शरैड्स खेलने की?"

HR यह कहकर फिर से अपना काम करने लगा।

सिद्धार्थ को समझ नहीं आ रहा था कि क्या करे। वह कुछ पल तक खड़ा रहा। मन तो यह कर रहा था कि हीरो की तरह कोई लंबा, असरदार भाषण दे—ऐसा कि वहाँ मौजूद सब लोग तालियाँ बजाएँ, और वह धीमी चाल में गेट की ओर बढ़ता हुआ बाहर निकल जाए। पर दिमाग में कोई जवाब, कोई कमबैक ही नहीं आया। सच तो यह था कि वह पिछले तीन महीने से बेंच पर ही था। धीरे-धीरे वह भारी मन से बाहर जाने लगा।

आज उसे गेट तक पहुँचने में पूरे दस मिनट लग गए। आखिरकार, दस मिनट बाद उसने मुँह खोला और होंठों के बीच दबे गोल्ड फ्लेक को राख में मिला दिया।

सिद्धार्थ ने लिंगराज को कॉल किया और बताया कि वह जा रहा है। लिंगराज ने फोन पर ही "बाय" कहा और जोड़ा, "कभी भुवनेश्वर आना तो मिलना।"

अब वहाँ सिद्धार्थ के रुकने की कोई वजह नहीं बची थी। सो, उसने उसी रात बिना रिज़र्वेशन पुरुषोत्तम एक्सप्रेस में जनरल टिकट लेकर TT को फाइन देकर दिल्ली जाने का फैसला किया—और निकल भी पड़ा।

प्लीज माइन्ड द गैप

आईएएस की तैयारी करने वाले दो तरह के लोग होते हैं—एक, जो IAS का मक्का-मदीना कहे जाने वाले मुखर्जी नगर में कमरा ले लेते हैं, और दूसरे, जो मुखर्जी नगर के बाहर रहकर तैयारी करते हैं। सिद्धार्थ तीसरी कैटेगरी में आता था—जो गया तो था मुखर्जी नगर तैयारी करने, लेकिन वहाँ का माहौल उसे रास नहीं आया। मुखर्जी नगर में रहना केवल पढ़ाई करना भर नहीं होता, बल्कि वहाँ की अनगिनत कहानियों का हिस्सा बनना भी होता है, जो चाहे-अनचाहे हर किसी को प्रभावित कर ही देती हैं।

अब रूम भी सस्ता चाहिए था, और ऐसी जगह जहाँ पढ़ाकू लड़के रहते हों। तो ढूँढ़ते-ढूँढ़ते सिद्धार्थ पहुँच गया हौज़ खास के कटवारिया सराय में।

साउथ दिल्ली के पॉश इलाकों में कई ऐसे गाँव भी हैं, जहाँ आज भी पंचायत के चुनाव होते हैं और जो नगर निगम के नियम-क़ानूनों से पूरी तरह बँधे नहीं हैं। इन बस्तियों की तंग गलियों में एक-दूसरे से सटे मकान, बिना बालकनी वाले घर और हवा-पानी के लिए केवल शाफ़्ट से साँस लेते मकान दिल्ली में रहते हुए भी आपको मुंबई की याद दिला देते हैं।

येलो लाइन मेट्रो सीधा हौज़ ख़ास से होकर उसे मुखर्जी नगर पहुँचा देती थी। शुरू के कुछ दिन तो सब ठीक चला, लेकिन धीरे-धीरे सफ़र थकाने लगा। इयरफ़ोन लगाने के बावजूद एक घंटे तक कानों में लगातार मेट्रो की गड़गड़ाहट गूंजती रहती। कोचिंग सेंटर पहुँचने के बाद भी काफ़ी देर तक वही आवाज़

कानों में बजती रहती—“दरवाज़े बायीं ओर खुलेंगे, कृपया दरवाज़ों से उचित दूरी बनाए रखें।” वापसी में भी वही डगमगाती हुई मेट्रो और उसकी एक जैसी अनाउंसमेंट्स—

“प्लीज़ माइन्ड द गैप!”

अब सिद्धार्थ को लगने लगा कि उस बंद कमरे में वो पढ़ाई पर ध्यान नहीं लगा पा रहा है। इसी वजह से वह पास की एक लाइब्रेरी का मेम्बर भी बन गया। कटवारिया सराय में फ्री वाई-फाई और ए.सी. सुविधा वाले कई मकानों में सैकड़ों लड़के दिखाई देते थे, जो प्रतियोगी परीक्षाओं की तैयारी करने आते थे। इन लाइब्रेरियों में किताबें तो नहीं होती थीं, लेकिन छात्र अपना लैपटॉप, मोबाइल और कॉपी-किताब लेकर आते और वहीं बैठकर पढ़ाई करते थे।

वहीं पर सिद्धार्थ की कुछ लड़कों से दोस्ती हुई, और उसे एक सच्चाई का पता चला—कि अब मुखर्जी नगर तो बस एक फ़ैशन बन गया है। असल में, पढ़ने वाले लड़कों के लिए तो सारी किताबें और लेक्चर इंटरनेट पर ही मिल जाते हैं। इससे उसका आने-जाने का समय भी बचेगा, और वह किसी एक कोचिंग या टीचर तक सीमित नहीं रहेगा।

अब क्या था, सिद्धार्थ ने सबसे पहले वे क्लासें छोड़नी शुरू कीं, जो उसे समझ में नहीं आती थीं। कुछ ही दिनों बाद उसने वे क्लासें भी छोड़ दीं, जिसके स्टडी मटीरीअल उसे इंटरनेट पर मिल गए। और धीरे-धीरे उसका मुखर्जी नगर से रिश्ता टूट गया।

सिद्धार्थ वह लड़का था जिसने JEE का एग्ज़ाम भी सिर्फ एक बार दिया था। ठीक-ठाक नंबर आने के बाद भी उसने कभी एक साल दोबारा तैयारी करने का नहीं सोचा। जो कॉलेज मिला, उसे ले लिया। तो IAS की तैयारी करते वक्त भी वो साफ था—बस एक साल, फर्स्ट अटेम्प्ट में जो होना है, वही देख लेंगे,

वरना कुछ और कर लेंगे। इसी सोच में जितने फॉर्म भर सकता था, सब भर डाले—यूपी, बिहार, हरियाणा... हर राज्य के। और फिर धीरे-धीरे रिज़ल्ट आने शुरू हुए।

IAS प्रीलिम्स क्लियर हुआ तो घर वाले उसे समझाने लगे—“देखो, अब कोई इंटरव्यू-शिंटरव्यू मत देना। मीडिया से थोड़ा दूर ही रहना। कोई कुछ पूछे तो ज़्यादा बताना मत। हम लोग साथ चलेंगे, ठीक से लिखवाकर स्टेटमेंट रिलीज़ करेंगे। वरना ये मीडिया वाले बात का बतंगड़ बना देते हैं, और अगर ज़रा सी भी गड़बड़ हो गई तो नौकरी तक जा सकती है।”

पर उस सलाह पर अमल करने का मौका ही नहीं मिला, क्योंकि वो मेन्स में ही छँट गया।

अब परिवार को पूरा भरोसा था कि BPSC (बिहार लोक सेवा आयोग परीक्षा) तो फिक्स है। घरवालों ने इस बार खुद आकर दही-गुड़ अपने हाथों से खिला कर विदा किया, क्योंकि शायद पिछली बार परिवार साथ नहीं था, इसलिए मेन्स क्लियर नहीं कर पाया। इंसान तो बस मेहनत करता है, असली सफलता के लिए त्याग तो परिवार करता है। मगर शायद उस त्याग में कोई कमी रह गई थी, क्योंकि BPSC में भी सिद्धार्थ इंटरव्यू राउंड तक नहीं पहुँच पाया।

आख़िरकार एक और रिज़ल्ट आया। उत्तर प्रदेश पुलिस में हवलदार की भर्ती के लिए फ़िज़िकल टेस्ट का बुलावा आया था। इधर सिद्धार्थ अपना बैग पैक कर रहा था, और उधर उसका परिवार अपने उम्मीदों को समेटते हुए, आँचल में मुँह छुपाकर घर वापसी करने जा रहा था। अम्मा कई बार समझा रही थीं—“एक बार में भर्तियाँ नहीं होती, एक बार और तैयारी कर लो। हवलदार के लिए फ़िज़िकल टेस्ट मत देना, उसके बजाय बैठकर तैयारी करो।” मगर सिद्धार्थ ने मन बना लिया था—हवलदार हो या एस.पी., वर्दी तो वो पहन कर ही रहेगा।

पर सिद्धार्थ यह समझ नहीं पा रहा था कि जिस IAS पद के सहारे अम्मा अपने रिश्तेदारों के सामने दिखावा करना चाहती थीं, अब वे कौन-सा चेहरा लेकर उन्हें बताएँगी कि उनका बेटा हवलदार बन गया है। लाख मना करने के बावजूद जब सिद्धार्थ फ़िज़िकल टेस्ट के लिए चला गया, तो परिवार बिना कुछ कहे चुपचाप गाँव लौट आया। वहाँ पहुँचकर उन्होंने लोगों से कहा— "इस बार इंटरव्यू में छंट गया है। इंटरव्यू लेने वालों ने कहा कि उम्र अभी बहुत कम है। थोड़ा बड़ा हो जाना, तब तुम्हें IAS बना देंगे। इतनी कम उम्र में अगर बना देंगे, तो आगे कैसे चलेगा। तेज़-तर्रार तो हो ही, बस उम्र कम है।

उन्हें खुद अपनी बात पर भरोसा नहीं था, तो बाकी लोगों को क्या भरोसा होगा। भीतर ही भीतर मुस्कुराते हुए उन्होंने कहा— "हाँ, सही बात है। थोड़ा और मेहनत करेंगे तो हो जाएगा... अगली बार हो जाएगी, घबराने की कोई बात नहीं!"

इस बात को पूरे गाँव में फैलने में महीना भर लग गया था। धीरे-धीरे सभी को पता चल गया था कि सिद्धार्थ का IAS नहीं हुआ, फिर भी कॉल की संख्या कम होने का नाम नहीं ले रही थी। वहीं उसकी अम्मा हर किसी को यह बताती रहती थीं कि कैसे सभी इंटरव्यूअर खड़े होकर ताली बजाए, लेकिन नौकरी नहीं दे पाए क्योंकि उम्र कम थी।

तभी सिद्धार्थ का भी एक कॉल आ गया।

"हाँ अम्मा, मैं सीधे घर आ रहा हूँ, वर्दी पहनकर। सबसे पहले तुम्हें ही दिखाऊँगा कि तुम्हारा लड़का वर्दी में कैसा लग रहा है!"

सिद्धार्थ की आवाज़ जोश और उत्साह से भरपूर थी, और उसके साथ-साथ ट्रेन की गूँजती हुई आवाज़ भी सुनाई दे रही थी।

"अरे, क्या... पागल हो गए हो? नहीं, नहीं, कोई जरूरत नहीं है। बस फोटो भेज दो, देख लेंगे, घर मत आओ वर्दी पहनकर!" अम्मा ने घबराते हुए कहा।

"क्या बात करती हो अम्मा! तुम्हारा आशीर्वाद लिए बिना मैं ड्यूटी पे कैसे जाऊँगा? आवत हई, प्रणाम!" इतना कहकर उसने फोन काट दिया।

और दूसरी ओर अम्मा की घबराहट सातवें आसमान पर थी। हाथ-पाँव कांपने लगे, कुछ समझ नहीं आ रहा था।

"ई लड़का पागल कर दिया! ढेर पढ़ा-लिखा दिया, इतना अच्छा नौकरी छोड़ के बोलता था कि IAS बनूंगा, और अब हवलदार बन के आ रहा है! अब कई महीनों से सबको सफाई देते-देते मुँह दर्द हो गया—कैसे IAS नहीं बन पाया और अब हवलदार बन गया।"

"हे भगवान, कितना झूठ बोलब हम! भगवान, उठा लो मुझे! क्या दिन देख रहे हैं हम! वर्दी तो वॉचमैन की भी होती है। क्या वॉचमैन बनता तब भी माँ का आशीर्वाद लेकर आता?" अम्मा चाह रही थी कि वह किसी भी तरह आ जाए, आशीर्वाद ले, और कोई उसे देखे ना। इसी सोच में वह बैठी थी कि तभी उनकी बेटी डॉली ने उन्हें एक सुझाव दे दिया।

"चलो अम्मा, स्टेशन पर ही उसे रिसीव कर लेते हैं और वहीं से विदा भी करा देंगे। क्या पता, कोई देख न ले।"

बेटी का यह आइडिया उन्हें बहुत पसंद आया। मरता क्या ना करता।

"चल-चल, जल्दी से कुँवर को बोल कि गाड़ी स्टार्ट करे! बस हम-तुम निकलते हैं—जल्दी चल, इससे पहले कि गाड़ी आ जाए!"

वहाँ करीब 14 किलोमीटर दूर एक छोटा-सा रेलवे स्टेशन था, जहाँ नाम-मात्र की कुछ एक्सप्रेस ट्रेनें ही रुकती थीं; बाकी तो पैसेंजर ट्रेनें ही चलती थीं।

इसलिए उन्हें पूरी उम्मीद थी कि वह पुरुषोत्तम जैसी किसी एक्सप्रेस ट्रेन से ही आ रहा होगा।

भाग-दौड़ के बाद वे लोग रेलवे स्टेशन पहुँचे। अभी कोई एक्सप्रेस ट्रेन लखनऊ या दिल्ली से नहीं आई थी; उसके आने में लगभग एक घंटे का समय बाकी था। यह सुनकर अम्मा को थोड़ी राहत मिली। उन्होंने डॉली को चाय लेने भेजा और खुद पत्थर की सीट पर बैठकर आँचल से पसीना पोंछ रही थीं।

पसीना पोंछने के दौरान उनकी नज़र नीचे ही थी। उन्होंने देखा कि लाल रंग के जूते पहने एक पुलिसवाला उनके बिल्कुल दो क़दम दूर खड़ा है। दिल की धड़कन तेज़ हो गई, होंठों पर हनुमान चालीसा के शब्द अपने आप आ गए। तभी उस पुलिसवाले के दोनों हाथ उनके पैरों की तरफ बढ़ने लगे।

यह देखकर डर के मारे उनकी आँखें बंद हो गईं। आशीर्वाद देने के लिए हाथ अपने आप ऊपर उठ गए और शरीर थोड़ा सिकुड़ गया। पाँच फ़ीट दो इंच की हाइट और अस्सी किलो वज़न के साथ वो ज़्यादा तो सिकुड़ नहीं सकती थीं, मगर उनका डर दूर खड़ी डॉली को भी साफ़ दिख रहा था।

"प्रणाम, अम्मा!" सिद्धार्थ की आवाज़ सुनते ही उनका कलेजा धड़क उठा।

"जीते रहो, तरक्की करो, खूब नाम कमाओ!" जितने भी आशीर्वाद उन्होंने दिए, सब दिल से निकले थे। और आशीर्वाद देते-देते वह खुद को समझा चुकी थी कि भले हवलदार है, लेकिन चोर तो नहीं बना! जो भी बना है, अपनी मेहनत से बना है। मेरा बेटा है, इसे शान से लेकर घुमाऊँगी गाँव में। यहाँ तो कई लड़के नशेड़ी या जुआरी निकल गए, लेकिन मेरा बेटा मेहनत का काम कर रहा है, तो मुझे शर्माना कैसा?

यह सोचते हुए उन्होंने बिना आँखें खोले अपने बेटे को गले लगा लिया। बरबस दोनों की आँखों से आँसू निकल आए।

फिर उन्होंने हाथों से अपने बेटे को दूर किया, ऊपर से नीचे तक गौर से देखा और बोली, "यह तो शशि कपूर जैसा दीवार सिनेमा में वर्दी पहनता था वैसा ही लग रहा है... एकदम हीरो की तरह। शशि कपूर भी हवलदार था, क्या दीवार सिनेमा में?" आँखों में आँसू और गर्व भरे हुए अम्मा बोलीं।

तभी तक डॉली भी वहाँ आ चुकी थी। उसके चेहरे पर चौड़ी मुस्कान थी और आँखों से गंगा-जमुना की धार बह रही थी।

"नहीं अम्मा, यह हवलदार की नहीं, दरोगा की वर्दी है!" डॉली गर्व से बोली।

यह सुन ज़ोर से हाथ पर हाथ मारते हुए अम्मा बोली, "दरोगा की वर्दी काहे पहन रखी है? जाओ, निकालो और अपनी वाली पहनकर आओ। किसी और की वर्दी नहीं पहनी जाती। तुम हवलदार बनो या IAS, रहोगे तो मेरे बेटे ही। और वो पद तुमसे कोई नहीं छीन सकता। क्या लगा, हम हिंदी नहीं बोल सकते? अरे, खड़ी हिंदी बोल लेते हैं, लेकिन लाज लगती है, इसलिए नहीं बोलते। अब जब हवलदार की अम्मा बन गई हूँ, तो खड़ी हिंदी में ही बतियाना पड़ेगा ना!"

इतना कहकर उन्होंने आँसू पोंछे और सिद्धार्थ का माथा चूम लिया।

"हवलदार नहीं अम्मा, दरोगा! हम बिहार के कैमूर ज़िले में दरोगा नियुक्त हुए हैं। हम दरोगा बने हैं, अम्मा। झूठ बोला था... लगा कि अगर हवलदार बोल के दरोगा की वर्दी पहन के आऊँगा तो तुम्हें उतना बुरा नहीं लगेगा। लेकिन हम ग़लत थे, अम्मा... हमें माफ़ कर दो।"

अम्मा ने आँखों में आँसू दबाते हुए हल्की डाँट के साथ कहा, "अरे, दरोगा हो या हवलदार, जो भी हो... पुलिस को रोते हुए देख ठीक नहीं लगता, दरोगा जी। अब घर चलकर बात करेंगे, क्या सारा स्टेशन पर ही बतियाओगे?"

तभी सिद्धार्थ का फ़ोन बजने लगा। उसने फ़ोन निकाला और देखा—अनजान नंबर था। कुछ पल सोचा, फिर कॉल रिसीव कर लिया। सिद्धार्थ के "हेलो" कहने से पहले ही दूसरी ओर से आवाज़ आई, "कॉनग्रैचुलेशन्स भाई... बधाई हो इंस्पेक्टर साहब, सैल्यूट!"

एक गर्मजोशी से भरी हुई आवाज़ थी, पर सिद्धार्थ उसे पहचान नहीं पाया। फिर भी औपचारिकता में बोला, "थैंक यू भाई, थैंक यू सो मच।"

"पहचाने हमको?"

कुछ पल सोचकर सिद्धार्थ ने कहा, "माफ करना भाई, नंबर सेव नहीं है। नया फ़ोन लिया है, तो पुराने सारे कॉन्टैक्ट्स डिलीट हो गए।"

"अरे, नंबर कहाँ से डिलीट होगा, जब पहली बार कॉल कर रहे हैं तो? हम पंकज बोल रहे हैं।" उधर से आने वाली आवाज़ जोश से भरी हुई थी, मानो दरोगा सिद्धार्थ नहीं, बल्कि वही स्वयं बन गया हो।

"हाँ भाई पंकज! और बताओ, कैसे हो?" सिद्धार्थ अब भी पहचानने की कोशिश कर रहा था।

उधर से आवाज़ आई, "अरे, नहीं पहचाने क्या? स्कूल का दोस्त हूँ... चिकना पंकज!"

यह सुनते ही जैसे सिद्धार्थ के दिमाग की बत्ती जल उठी।

"अरे पंकज! कैसे हो? कहाँ गायब हो इतने सालों से? दस साल से भी ज़्यादा हो गया, यार!"

पंकज उत्साह से बोला, "हम तो यहीं हैं, दिल्ली में!"

द ट्रिप

अचानक ही सिद्धार्थ की ज़िंदगी में 'पंकज... कौन पंकज?' से बदलकर 'पंकजवा' वापस आ गया। जो आदमी कभी किसी को फोन तक नहीं करता था, वही अब स्कूल के सारे दोस्तों का रीयूनियन प्लान करने में लगा था। देखते ही देखते लगभग हर दोस्त की कॉन्टैक्ट लिस्ट में एक नया नाम जुड़ गया था—पंकज।

तो आखिरकार, स्कूल ख़त्म होने के करीब दस साल बाद, पंकज के कहने पर सबने मिलने का प्लान बनाया। और फिर वही हुआ जो हमेशा से होता आया है—दोस्त मिले, कुछ को अब शराब की आदत लग चुकी थी, और कुछ अभी भी मम्मी की उस कसम की वजह से दारू को हाथ तक नहीं लगा रहे थे कि,

"बेटा, बाहर जाकर दारू मत पीना। दारू की गहराई ऐसी है कि इसमें जो भी उतरा, सब कुछ यहीं डूब गया—राजा का राजपाट, धन-दौलत, औलाद, यहाँ तक कि मीना कुमारी की सुंदरता भी इस में समा गई। बस बेटा, इससे जितना दूर रहो, उतना अच्छा है।"

इस कसम के अनुसार, कुछ लोग शराब से पूरी तरह दूर ही रहे। बस, हाथ में रोलिंग पेपर में लिपटी बाबाजी की बूटी जलाकर उसके धुएँ में अपने फेफड़ों की आहुति दे रहे थे। वहीं कुछ लोग इस तर्क के साथ पी रहे थे कि,

"भाई, ये दारू थोड़े है! बियर ही तो लाए हैं—इसमें कहाँ दारू होती है? इससे ज़्यादा तो खाँसी की दवा और होम्योपैथिक की दवाइयों में होती है। ये नशा नहीं करती, बस थोड़ा दिमाग हल्का कर देती है।"

और तभी सामने डॉक्टर साहब, अविनाश नज़र आ गए। स्कूल के बाद से वो थोड़ा मोटे हो गए थे—शायद डॉक्टर लोगों को भी अब डेस्क जॉब मिलने लगी थी। बातों-बातों में ही किसी ने एक बियर कैन उनकी तरफ बढ़ा दी।

अविनाश, जो अब तक बस "हु-हा" करके नींद में बोलेरो की पिछली सीट पर बैठा था और इस ज्ञान की बहती नदी का सिर्फ़ बाहर से समर्थक बना हुआ था, अपना नाम सुनते ही पूरी तरह जाग गया। उसने आँखें खोलीं तो गंदे शीशे के उस पार एक बड़ा-सा खंभा दिखाई दिया। आँखें बंद कर फिर खोलीं—खंभा थोड़ा उखड़ा-पुराना लग रहा था। उसने बियर का एक सिप लिया, और जब पूरी तरह जागकर दोबारा देखा, तो वो खंभा कुछ जाना-पहचाना सा लगा। दूसरे सिप में अचानक उसके मुँह से बियर बाहर निकल गई और बियर सरक गया। वह सिर थपकाने लगा, और बाकी लोगों में जितना होश और जोश बचा था, सब एक साथ उसकी तरफ मुड़ गए।

"अरे, यह तो कुतुब मीनार है!" अविनाश ने हैरानी से बोला।

"भागो! अब थैंक्यू कहने के लिए इतना हैरान मत हो। पहली बार देख रहे हो, सबको ऐसा ही लगता है। कोई बात नहीं, अच्छे से देख लो। थोड़ी देर में पास जाकर भी देख लेना," भंड ग्रुप में से देवआनंद का डायलॉग।

"अरे मूर्खों, हम तो दिल्ली में हैं!" अविनाश की हैरानी धीरे-धीरे गुस्से में बदलने लगी।

"भाई, कुतुब मीनार को अपने पास लेकर थोड़े चलेंगे कि जहाँ गाड़ी रुकेगी, वहीं लगा देंगे। हम तो दिल्ली में ही हैं," इस बार मूलचंद ने बोला।

"लेकिन हम तो इलाहाबाद में थे, है ना?" अविनाश अब और चिढ़ने लगा।

इतने में, आधी खुली आँखों से भंड ग्रुप का लास्ट मेंबर विवेकानंद बोला, "भाई, कितना पी लिए हो? हम तो बनारस में थे।"

विवेकानंद की बातें सुनकर अविनाश सिर पकड़ते हुए बोलेरो की सबसे पीछे वाली सीट पर बैठ गया। उसने समझ लिया कि इनसे बहस करने का कोई फायदा नहीं।

"अरे, तुमने ही तो कहा था दिल्ली आने के लिए!" अभिनव बीच की सीट से लगभग चिल्लाते हुए बोला।

अविनाश को और बड़ा शॉक लगा। उसने कहा, "मैंने कब कहा?"

"खुद याद कर लो। मुझे याद नहीं, लेकिन दिल्ली आने के लिए तुमने ही कहा था," अभिनव ने कहा। इस पर अभिनव ने आगे अपना दिमाग खर्च न करते हुए केवल बाबाजी की बूटी पर फोकस करना ठीक समझा।

अविनाश ने यह सोचकर दिमाग़ लगाना शुरू किया कि इस कांड की शुरुआत कहाँ से हुई, और सारी बातें याद करने की कोशिश करने लगा।

दरअसल, दिल्ली जाने से एक दिन पहले एक नया व्हाट्सऐप ग्रुप बनाया गया था। पहले से कई छोटे-मोटे व्हाट्सऐप ग्रुप स्कूल के दोस्तों के बीच बनाए गए थे, जो आपस में कनेक्टेड थे। इन सभी ग्रुप्स को मिला-जुलाकर एक बड़ा ग्रुप बना:

"10th A-2010 Batch"

और पहला ही मैसेज:

"चलो मिलते हैं।"

"कहाँ?"

"स्कूल पर।"

"ठीक है, एक डेट फिक्स करते हैं।"

भंड ग्रुप में तीन लोग थे—देवआनंद, विवेकानंद और मूलचंद। ये तीनों नाम के कारण बचपन से दोस्त थे या जो भी हो, स्कूल के लास्ट बेंच पर बैठने वाले

आपस में दोस्त बन गए थे। सबकी याददाश्त में बस इतनी ही बातें थीं। इन्हें "भंड गैंग" भी कहा जाता था, जो इनके नाम के आख़िरी तीन अक्षरों की वजह से और अक्सर स्कूल के दौरान पीरियड में बेंच पर सोने की आदत के कारण पड़ा था।

देवानंद बोला, "मैं बियर लेकर आऊँगा।"

मूलचंद ने कहा, "हाँ भाई, और मनोज भैया के समोसा-छोले का चखना।"

विवेकानंद ने जोड़ा, "जहाँ बचपन में हम फ्रूट बियर पीते थे, वहीं अब बियर पीएंगे। मज़ा ही आ जाएगा।"

शायद उन लोगों ने बचपन में मिले नाम को गंभीरता से ले लिया था। बाकी सभी ने न तो इसका विरोध किया और न ही समर्थन। इसकी दो वजहें थीं: एक, मन कहीं न कहीं साथ पीने का था; और दूसरी, वे किसी के भी इतने क्लोज़ नहीं थे, इसलिए शायद किसी के मना करने पर बुरा न मान जाएँ, यह सोचकर उन्होंने खंडन नहीं किया।

डेट फिक्स हुई। सबने तय किया कि शनिवार की दोपहर से शाम के बीच वे स्कूल के सामने मनोज भैया की दुकान पर मिलेंगे।

उनमें से किसी ने स्कूल के अंदर वाली कैंटीन जाने का ज़िक्र नहीं किया, क्योंकि ज़्यादातर को लगता था कि अभी वे इतने सफल नहीं हुए हैं कि स्कूल जा सकें। और अगर किसी टीचर से मिल गए और शायद पहचान भी लिए गए, तो फिर क्या होगा?

मनोज भैया की दुकान स्कूल गेट के सामने, सड़क के दूसरी तरफ थी। वहाँ अक्सर सर लोग चाय पीने और पान खाने आते थे। जो पान वे खाते, उसका रस वे तब तक गालों में दबाकर लेते रहते थे, जब तक उन्हें कोई फ्री पीरियड या ब्रेक न मिल जाए।

अगर क्लास छोटी बिल्डिंग में होती, तो मनोज भैया की दुकान तक पहुँचने में 15–20 मिनट लग जाते। इसलिए वे लोग वहाँ एक्स्ट्रा सुपारी, ज़र्दा और चूना भी ले लेते थे। पान अक्सर बड़े सूखे पत्तों में लपेटकर दिया जाता था। जब कोई सर अपना पान या गुटखा खोलते, तो उसकी भीगी ज़र्दे की सुगंध पूरे क्लास में फैल जाती।

और अगर दो क्लास लगातार लग जातीं, तो पहली क्लास में बच्चे अक्सर बस रीडिंग करते दिखते—एक पैराग्राफ के बाद दूसरा पढ़ते। बाकी बच्चे सो जाते या WWE के कार्ड्स के साथ खेलते रहते: "चेस्ट-38, मेरा -46, मैं जीता!" या फिर वे छोटे-छोटे खेल खेलते, जैसे *कौवा* उड़ और राजा-मंत्री-चोर-सिपाही।

जब किसी बेंच की बारी आती, तो उस पर बैठे सभी बच्चे ऐसे सिर हिलाने लगते मानो सबकुछ समझ रहे हों और सर को पढ़ाने की जरूरत ही न हो। और जब किसी बच्चे की बारी आती, तो वो बच्चा अपने से पहले सारे लड़कों की संख्या गिन लेता और फिर उसके अगले पैराग्राफ से पढ़ना शुरू कर देता।

प्रॉब्लम तो तब आती थी जब कोई बड़ा पैराग्राफ़ होता और सर बोर होकर बीच में ही एक बच्चे को बैठा देते, फिर किसी दूसरे से वहीं से आगे पढ़ने को कहते। उस बेंच के बच्चे तो इस बदलाव के हिसाब से तुरंत एडजस्ट कर लेते, लेकिन बाकी बेंच वालों की गिनती बिगड़ जाती।

ऐसे में जब कोई ग़लत पैराग्राफ़ पढ़ देता, तो सर का मुँह—जो अभी तक पान के रस और बच्चों की आवाज़ की लय में मग्न था—थोड़ा ऊपर उठता। आँखों से इशारा होता, और उस बच्चे को चेयर के पास बुलाया जाता। फिर किताब हाथ में लिए हुए, कान मरोड़कर सिर या पीठ पर एक हल्का-सा थप्पड़ खाता। उसके बाद सर अपनी उँगली से किताब में सही जगह दिखाते, जहाँ से बच्चे को दोबारा पढ़ना शुरू करना होता।

मौन हिंसा का इससे सटीक उदाहरण शायद ही कहीं और दिखे—जहाँ न मार खाने वाला कुछ कहता, न मारने वाला। दोनों के बीच बस एक अजीब-सी समझदारी बनी रहती थी।

कुछ अध्यापकों का पढ़ाने का शेड्यूल तो उनके पान पर ही निर्भर करता था। अगर मुँह में ताज़ा पान होता, तो क्लास में बस रीडिंग चलती। लेकिन अगर पान खाए हुए चालीस मिनट से ज़्यादा हो चुके होते, तो वो पान-रस पिकदान के हवाले किया जाता। फिर एक्स्ट्रा सुपारी में से एक निकाली जाती, उस पर हल्का-सा चूने का टीका लगाया जाता, थोड़ा-सा ज़र्दा डाला जाता और मुँह में रख लिया जाता। इसके बाद जो क्लास होती, वो पूरी तरह समझाने और एक्सप्लेन करने वाली होती।

वो टीचर्स इतने अनुभवी और कुशल थे कि उनके समझाए हुए कई चैप्टर अब भी कई लोगों को शब्द दर शब्द याद हैं।

मनोज भैया की दुकान पर चाय मिलती थी, समोसा भी मिलता था, और साइड में गुटखा और पान का एक छोटा-सा टेबल सजा रहता था। उस टेबल पर चाँदी-सी चमकती स्टील की परत लगी होती थी, जिस पर लाल कपड़े में लिपटे पान के पत्ते रखे रहते थे। बगल में एक रस्सी पर तिरंगा, राज निवास जैसे कई गुटखे लटकते रहते थे।

अगर किसी दिन कोई पुरुष शिक्षक अपनी पसंदीदा महिला शिक्षिका के साथ वहाँ आ जाता, तो वो थोड़ा रुआब में बच्चों को “हटो, हटो बच्चों...” कहकर भीड़ हटाते और मनोज भैया को इशारों में दो चाय का ऑर्डर समझा देते।

जिस शनिवार को सबने मिलने का प्लान बनाया था, उस समय रक्षाबंधन की छुट्टियाँ चल रही थीं, इसलिए वहाँ कोई शिक्षक मौजूद नहीं था।

मनोज भैया की दुकान पर जैसे ही सारे दोस्त इकट्ठा हुए, तो चाय पीने के बाद सबके बीच कुछ खास बात बची नहीं थी। इतने दिनों बाद मिलने पर एक अजीब-सा खालीपन महसूस हो रहा था—"क्या कर रहे हो?", "कैसे हो?" के बाद बात आगे बढ़ नहीं पा रही थी। तभी भंड ग्रुप के देवानंद ने बातचीत का माहौल जमाने के लिए अपना किस्सा सुनाना शुरू किया।

"यार, मनोज भैया की चाय का स्वाद तो भूल ही गए थे। सच कहूँ तो मज़ा आ गया चाय पीकर... लेकिन कानपुर की चाय का जो स्वाद था, उफ़्फ! क्यों विवेक?"

"हाँ भाई," विवेक ने तुरंत हामी भरी।

देवानंद फिर जोश में बोला, "वो मज़ा, उफ़्फ... तुम लोग भूल जाओगे कि क्या चाय पिलाई थी वहाँ!"

पंकज ने हँसते हुए कहा, "अरे भाई, मनोज भैया की यही चाय पिलाकर तो सुशील सर ने सोनी मैम को प्रपोज़ किया था।"

इस पर देव ने हल्की मुस्कान के साथ चुटकी ली, "शायद इसीलिए बात आगे नहीं बढ़ी। वरना अगर कानपुर की चाय पिलाई होती, तो अब तक उनके दो बच्चे भी होते।"

सिद्धार्थ ने हँसते हुए कहा, "अरे, सोनी मैम तो पहले से ही शादीशुदा थीं। उसी दिन सबको इस बात का पता चला था। यहीं इसी दुकान पर सुशील सर का पूरा पोपट हो गया था। वे अक्सर सिंदूर लगाती थीं, लेकिन आगे के बालों को तिरछा करके क्लिप लगा लेती थीं, जिससे सिंदूर दिखता नहीं था। और पैरों में अक्सर शूज़ पहनती थीं, ताकि पैरों की बिछिया छिप जाए।"

मूलचंद ने एकदम गंभीर चेहरे से चाय की चुस्की लेते हुए कहा, "अगर सर गर्मियों तक रुक जाते ना, तो पोपट नहीं होता।"

सबने एक साथ पूछा, "क्यों?"

मूलचंद ने मुस्कुराते हुए जवाब दिया, "गर्मियों में वो जूते नहीं पहनती थीं। ऐसे में बिछिया साफ़ दिखाई दे जाती। तब सबको सच का पता चल जाता।

देवानंद अभी भी अपने पॉइंट पर अड़ा था, "अरे कुछ नहीं भाई, अगर सर ने कानपुर की चाय पिला के प्रपोज़ किया होता ना, तो पक्का वो फिर से उनसे शादी कर लेती!"

सिद्धार्थ ने मुस्कुराते हुए कहा, "अच्छा, तुम लोगों ने सुना क्या? सोनी मैम का डिवोर्स हो गया शायद..."

फिर शुरू हुई टीचर्स के रोमांस की कहानियाँ, क्योंकि यही वो बातें थीं, जिन पर बात करने में किसी को कोई हिचकिचाहट नहीं थी।

मनोज भैया के दुकान पर तभी 2–3 उन्नीस–बीस साल के बच्चे कैमरा लेकर आ गए। वहाँ बैठे लोगों को समझने में देर नहीं लगी कि यूट्यूबर आ गए हैं।

उन्होंने तीन मीठा पान लगाने को कहा और कैमरा स्टार्ट करके पान लगाने की प्रक्रिया दिखाने लगे। तभी उनमें से एक लड़का आगे बढ़कर माइक मनोज भैया के मुँह के पास ले गया और बोला, "इतना फ़ेमस पान का दुकान है आपका बनारस में, आप इसका फ्रेंचाइज़ी क्यों नहीं खोल देते देश के अलग-अलग शहरों में?"

"का होइ??" मनोज भैया बिना ऊपर देखे पान लगाते हुए पूछे।

"अरे, फिर कमाई बढ़ जाएगी आपकी। हर शहर में आपकी दुकान होगी, इंडिया के कोने–कोने में!"

"अच्छा, मतलब हमार दुकान मुंबई, दिल्ली हर जगह होए?"

"हाँ-हाँ, बिल्कुल!"

फिर सिर नीचे किए पानों पर कत्था लगाते हुए मनोज भैया बोले, “इहाँ के पान का तोहर बाबू लगइहा? 2 रुपइया के पान में 2 करोड़ के ज्ञान मत पेल। चुपचाप पान खा आऊर जा।”

इतना सुनना था कि सबकी हँसी निकल गई, और कुछ लोगों को उन बेचारों नए लड़कों पर तरस भी आ रहा था, जिन्हें बनारस तो पता था लेकिन बनारसी जवाब का कोई आइडिया नहीं था।

बातों-बातों में अचानक किसी को याद आया, “यार, अभिनव का भी मन था आने का, लेकिन वो तो इलाहाबाद में है, इसलिए नहीं आ पाया।”

सिद्धार्थ बिहार से आया था, भंड गैंग बनारस का था, और अविनाश का घर चंदौली में था।

तभी देवानंद ने जोश में कहा, “तीन घंटे की राइड है, बोलेरो हमारे पास है, और बियर का पूरा कार्टन भी उठा लिया है—चलो इलाहाबाद! उठाते हैं अभिनव को!”

इतना कहते ही मनोज भैया की फ्रिज से पूरा कार्टन निकालकर विवेक ने उसे बाँहों में ऐसे दबा लिया, जैसे रावण बाली को दबा कर चारों धाम की यात्रा पर निकलने वाला हो।

“बाकी डीज़ल का हम देख लेंगे,” पंकज के यह कहते ही पता ही नहीं चला कि कब दरवाज़ा खुला और सब अंदर आ गए। उस दुकान में केवल सिद्धार्थ ही खड़ा रह गया।

“अरे, अपनी ही गाड़ी समझो, आ जाओ अंदर, इतना क्या शर्माते हो!” मूलचंद के यह कहते ही सिद्धार्थ ड्राइवर सीट पर बैठ गया और गाड़ी चल पड़ी।

अभी वे लोग बोलेरो में बैठे ही थे कि ट्रैफिक में फँस गए। हॉर्न मारते हुए सबको साइड करते हुए धीरे–धीरे आगे बढ़ ही रहे थे कि आगे उन्हें एक अन्तिम यात्रा में पैदल जाते हुए लोग दिख गए।

"राम नाम सत्य है,

राम नाम सत्य है।"

सबने उस पुण्य आत्मा को प्रणाम किया और गाड़ी रोक दी। पर बगल में बैठे मूलचंद—जिसपे बीयर हावी हो चुकी थी—उसने हाथ बढ़ा कर हॉर्न दबा दिया।

तभी कंधे पर उस शव को उठाए आदमी ने गर्दन पीछे करके उन्हें देखा और बोला—"तोहके इनहौ से जल्दी ह जाए के?" (तुमको इनसे भी ज़्यादा जल्दी है जाने की?)

जवाब सुन सब चुप थे... अब वो उस बेचारे यूट्यूबर्स के दर्द को अच्छे से समझ सकते थे जिसने मनोज भैया के जवाब से गर्दन झुका ली थी।

इलाहाबाद पहुँचते-पहुँचते सबके सब ठीक-ठाक नशे में थे। उधर अभिनव भी बस स्टैंड तक आ गया था, ताकि शहर के अंदर उसके घर तक पहुँचने में इन्हें दिक़्क़त न हो। तय हुआ कि पहले चाय पी जाए।

उन लोगों ने बगल की दुकान में चाय का ऑर्डर दे दिया, और कुछ लोग गाड़ी से उतरकर सिगरेट जलाने लगे।

जैसे ही चाय के घूँट मुँह में गए, सबने एक साथ थूकते हुए कहा, "छी..."

"अरे, क्या सच में इतनी खराब चाय मिलती है यार, अभिनव, तुम्हारे शहर में?

हालाँकि ये लोग अभिनव से कई सालों बाद मिल रहे थे, लेकिन भीतर उतरी बियर ने उन्हें फिर से स्कूल के दिनों में पहुँचा दिया था—झिझक कहीं गायब हो गई थी। बस फर्क इतना था कि बियर अभी तक अभिनव के शरीर में असर नहीं कर पाई थी, इसलिए वह अभी भी थोड़ा लॉजिकल सोच रहा था।

"चलो फिर, अच्छी चाय पीते हैं।"

अंदर बैठते ही गाड़ी स्टार्ट हो गई और एक बियर कैन भी खुल गया। फिर सबने **Cheers** किया और बॉटम्स अप के लिए आगे बढ़े, पर किसी से ठीक से हो नहीं पाया।

अभिनव का यह पहला कैन था, इसलिए उसने बॉटम्स अप को थोड़ा सीरियसली लिया और इसे धीरे-धीरे खींचते हुए आधे के करीब बियर गटक ली। बाकी दोस्तों ने उसकी तारीफ की और हौसला बढ़ाया। अगले साँस में उसने पूरी कोशिश की कि पूरा कैन गटक दे, और अंततः चार साँसों में वह बियर कैन खाली कर दिया।

इस दौरान उसे एहसास हुआ कि बियर में व्यस्त होने के कारण वह अच्छी चाय की दुकान और अपने परिचित रास्ते से थोड़ी दूर निकल गया था। अब नए मिले दोस्तों को यह कैसे समझाए कि वह अपने ही शहर में रास्ता भूल गया?

मेल ईगो की बात थी—"भाई, हम तो आँख बंद करके आवाज़ और सुगंध से बता देते कि रास्ता कहाँ है।" ऊपर से बनारस के दोस्त अपनी क्षमता को थोड़ा बढ़ा-चढ़ा कर दिखाते थे। इसलिए अभिनव ने सोचा कि बेहतर यही है कि आगे बढ़ते रहें।

तभी किसी ने बोल दिया, "भाई, बियर और दारू भी उठा लेते हैं।"

"हाँ भाई, सिर्फ बियर से काम नहीं चलेगा, दारू भी ले लेते हैं।"

"हाँ भाई, दारू! दारू!" ज़्यादातर लोगों ने यही कहा।

"साथ में एक-दो बियर भी ले ही लेते हैं," किसी ने अंदर से जोड़ा।

लगभग सभी ने अपनी-अपनी राय रख दी, लेकिन लेने के लिए कोई गाड़ी से उतरा नहीं। अभिनव समझ गया कि सब नशे में थे, पर इतने मूर्ख नहीं कि गाड़ी से उतरकर सारी दारू अपने पैसे से खरीद लाएँ। शहर उसका था, दोस्त उसे लेने आए थे, तो फ़र्ज़ उसी का था मेहमान-नवाज़ी का।

वो भी बिना समय गँवाए उतरा और देखा कि गाड़ी पहले से ही ठेके के बाहर रुकी थी। २ बोतलें—सबकी पसंद की दारू और बियर—वो ले आया। सिद्धार्थ गाड़ी चला रहा था, इसलिए पूरी कोशिश कर रहा था कि नियमों का पालन हो।

गाड़ी चल रही थी, पेग तैयार किए जा रहे थे, और चखने की कमी होने से पहले ही गाड़ी रोक के चखना आ रहा था। सच पूछो तो गाड़ी में इतनी बाबाजी की बूटी मौजूद थी कि खत्म होने का नाम ही नहीं ले रही थी। तभी किसी को मकसद याद आया।

"हम तो इलाहाबाद में चाय पीने आए थे, कहाँ है चाय?"

अभिनव ने आव देखा ना ताव, पास वाली गुमटी की ओर इशारा करते हुए कहा, "ये तो रहा, यही तो लाने वाला था।"

सब उतरे, बस पीछे डॉक्टर अविनाश जी थोड़े ज्यादा नशे में थे। ऊपर से वह नाइट शिफ्ट के बाद आए थे, इसलिए वो पीछे वाली सीट पर सो रहे थे।

जैसे ही सबने चाय की चुस्की ली, ऐसा लगा जैसे पानी में चायपत्ती का झोंका मारकर दूध दिखा दिया गया हो और पिछले 4-5 दिन से बस गरम करके बेचा जा रहा हो।

तभी देवानंद बोला, "सच में, असली स्वाद तो कानपुर की चाय में है!"

सिद्धार्थ थोड़ा चिढ़कर बोला, "अच्छा, तो चलो कानपुर चलते हैं, तुम्हारी चाय पीने!"

शोर सुनकर आधी नींद में अविनाश बड़बड़ाया, "यार, भूख भी लगी है। कहीं अच्छा पराँठा वगैरह मिलता है तो पहले खाते हैं..."

दिल्ली

"यार, मैंने कब कुछ कहा था? मैंने तो बस पराँठा खाने की बात की थी..." अविनाश ने पूरी बात याद करते हुए जोश में कहा।

इस पर अभिनव उसकी तरफ़ मुड़ा और बोला, "हाँ, तो क्या? कानपुर जाने की जिद्द देवानंद कर रहा था। तुमने पराँठा खाने की बात छेड़ दी—तो रास्ते में दिल्ली पड़ती थी, आ गए!"

"क्या? पराँठा खाने के लिए दिल्ली? और कानपुर के रास्ते में दिल्ली? क्या बोल रहे हो! पागल हो गए हो?" अविनाश पूरी तरह चिढ़ चुका था।

अभिनव बड़े शांत लहजे में बोला, "नहीं, तुमने असल में क्या कहा था, याद करो—'कहीं अच्छा पराँठा मिलता हो तो चलते हैं।' अब अच्छा पराठा चाँदनी चौक में मिलता है, और चाँदनी चौक के रास्ते में दिल्ली पड़ती है... तो बस, आ गए!"

अविनाश समझ चुका था कि इन लोगों की बातों के लेवल तक पहुँचने के लिए सिर्फ़ समझदारी नहीं, 2-3 बियर **और** चाहिए होंगी—जो उसने बिना देर किए गटक लीं।

पंकज—वही, जो शाम को मनोज भैया की चाय की चुस्की लेते वक्त बड़े ठाठ से बोला था, "नहीं भाई, मैं बियर-वगैरह नहीं पीता,"—अब एक हाथ में बियर का कैन और दूसरे में बाबाजी की बूटी थामे पूरे जोश में ज्ञान बाँट रहा था।

"भाई तुम लोगों को पता नहीं है, हमारे पास अब बहुत पैसा आ गया है। लेकिन यार, गरीबों के लिए कुछ करना चाहिए। देखो, मैं अपने गाँव में एक

लाइब्रेरी खोल रहा हूँ—वहाँ पचास हज़ार की किताबें रखवा दी हैं, शेड डलवा दिया है। अब बच्चे वहाँ जाकर जो मन हो, वो किताब उठा के पढ़ सकते हैं। और कोई किताब चाहिए होगी, तो मैं मँगवा दूँगा।"

इतना कहकर उसने बियर का एक लंबा घूँट लिया, फिर एक पफ मारते हुए सिगरेट का धुआँ हवा में छोड़ा।

बाकी कुछ दोस्त, जो अब किसी और ही दुनिया में पहुँच चुके थे, उसकी बातों से सहमति जताने की कोशिश कर रहे थे। लेकिन नशे के असर में उनका सिर इतनी ज़ोर से झुक रहा था कि जैसे कमर से नीचे तक हाँ में हाँ मिला रहे हों।

देवानंद बोला, "हाँ भाई, कुछ तो करना ही है, लेकिन क्या इसे कल से शुरू करें? आज का शेड्यूल थोड़ा टाइट है।"

पंकज अब और जोश में आ गया, "यार, प्लान तो ये है कि फ्री कोचिंग शुरू करूँगा। गाँव के हर बच्चे को हर चीज़ की कोचिंग फ्री में दूँगा—IAS, PCS, IIT, मेडिकल! और अगर कोई चपरासी बनना चाहता है, तो उसके लिए अलग कोचिंग सेंटर खोलूँगा—क्लर्क कोचिंग सेंटर! वहाँ बस क्लर्क लेवल की पढ़ाई होगी। सबके पास नौकरी होगी, सब पैसे कमाएँगे।"

"और हाँ, इसकी कोचिंग में पढ़ाने वाले नहीं कमाएँगे। उनके घर पर कोई खाने-पीने वाला इंसान होगा? उसको थोड़े ना घर चलाना होगा।"

सिद्धार्थ को साफ़ समझ आ चुका था कि पंकज को अब पूरा नशा चढ़ चुका है और वो अब पका रहा है। इसलिए उसने थोड़ा मज़ाक बनाकर माहौल हल्का किया, ताकि ये रीयूनियन सत्संग में तब्दील न हो जाए।

उसकी बात सुनकर, ज्ञान में डूबे हुए सभी लोग एक साथ हँस पड़े।

"अरे, तुम लोगों के पास पैसों की कमी थोड़ी है। तुम बच्चों को पढ़ाओगे। अविनाश डॉक्टर हैं, तुम पुलिस अधिकारी हो, कुछ ने IAS की तैयारी की है। इंजीनियरों का तो पूछो ही मत, कितने हैं।"

अविनाश, जो शायद 1-2 बियर के नशे में था, अचानक पूरी तरह होश में आ गया। वह कुछ कहता, उससे पहले ही 2-3 लोगों का ग्रुप, आधी खुली आँखों और गर्दन को कमर तक झुकाकर, बोला: "हाँ भाई, पक्का-पक्का। पर कल से शुरू करें? आज शेड्यूल थोड़ा टाइट है।"

सिद्धार्थ ने देखा कि अविनाश इस ज्ञान के प्रवाह में बहने वालों में से नहीं है, तो वह उसे लेकर गाड़ी से बाहर थोड़ी देर टहलने निकल गया। दोनों बाहर उतरकर कुछ सामान्य बातें करने लगे—वे बातें, जो शायद उस ज्ञान-भंडार जैसी बोलेरो में संभव नहीं थीं।

सिद्धार्थ के लिए यह ट्रिप एक अलग तरह का अनुभव था, क्योंकि इस बार साथ में ज्यादातर वही लोग थे, जिनसे वह सालों से नहीं मिला था। ऐसा नहीं था कि वह अपने सभी स्कूल दोस्तों से दूर था—जिनसे संपर्क में था, वे शायद यही सोचकर नहीं आए कि, "हटाओ, इनसे तो रोज़ मिलना होता है।"

और इस तरह, वह ग्रैंड रीयूनियन बस उन सात दोस्तों का सफ़र बनकर रह गया था, जो कभी सालों तक एक ही कमरे में बैठकर ज्ञान की गंगा में गोते लगाया करते थे, और अब वही लोग एक बोलेरो में बैठकर ज्ञान की गंगा बहा रहे थे।

अविनाश को लेकर सिद्धार्थ के मन में हमेशा से एक हल्का-सा संदेह था। उसे याद आता था कि अविनाश 11वीं में उसके साथ मैथ्स की क्लास में हुआ करता था। लेकिन जब बाद में पता चला कि अविनाश डॉक्टर बन गया है, तो उसे कुछ अजीब-सा लगा। तभी से वह अविनाश से खुलकर बात नहीं कर पा रहा था।

ऐसा नहीं था कि स्कूल के समय उनकी दोस्ती बिल्कुल नहीं थी—बस उतनी गहरी नहीं थी जितनी बाकी दोस्तों से थी। अविनाश छह फीट लंबा, लंबी नाक और एकदम परफेक्ट गोल चेहरे वाला बेहद ही हैंडसम लड़का था। वह अनायास ही सबका ध्यान अपनी ओर खींच लेता था। ऐसे में उसे भूलना थोड़ा मुश्किल काम था।

दरअसल, अविनाश हिमेश रेशमिया का इतना बड़ा फैन था कि उसकी हर फिल्म उसके लैपटॉप में मौजूद रहती थी। ऐसी ही एक फिल्म "*कजरारे*" को सिद्धार्थ आज तक नहीं भूल पाया।

कुछ फिल्में होती हैं जिन्हें इंसान चाहकर भी भूल नहीं पाता, और शायद यही वजह रही होगी कि सिद्धार्थ ने फिर कभी अविनाश के साथ कोई मूवी देखने का प्लान नहीं बनाया। उसी दूरी की वजह से उनकी दोस्ती भी कभी उतनी पक्की नहीं हो पाई।

स्कूल और कॉलेज के समय, जब हमारे पास कई दोस्तों के ऑप्शन होते हैं, तो कुछ दोस्त यूँ ही किसी छोटे या बेकार से कारण की वजह से छूट जाते हैं—ऐसे कारण, जो बाद में शायद याद भी नहीं रहते।

हाँ, अगर कभी किसी परेशानी की बात आए, तो जान भी हाज़िर होती है, लेकिन किसी का थोड़ा-सा अलग व्यवहार, मूवी की पसंद, पसंदीदा एक्टर या गाने की वजह से ही दोस्त, अच्छे दोस्त और पक्के दोस्त जैसी ग्रुप्स में बँट जाते थे।

हाँ, मैंने इसमें क्रिकेट या पसंदीदा क्रिकेटर का ज़िक्र जानबूझकर नहीं किया—क्योंकि वो विषय तो बहुत ही सेंसिटिव होता है। क्रिकेट के मामले में अगर कभी दोस्ती टूट जाती, तो उसकी वजह और वो इंसान—दोनों लंबे समय तक याद रहते थे।

तो आखिरकार सिद्धार्थ ने अपना वह पुराना डाउट अविनाश के सामने रख ही दिया।

"अविनाश, तुम तो 11वीं में मेरे साथ मैथ्स की क्लास में थे, मौर्या सर के दूसरे पीरियड में। फिर अचानक डॉक्टर कैसे बन गए?"

अविनाश ने सिद्धार्थ की बात सुनकर उसकी तरफ ऐसे देखा, जैसे उसका कोई राज़ खुल गया हो।

"हाँ भाई, वो 11वीं में मेरा ऑप्शनल मैथ्स था। और CBSE के अलावा मैंने यूपी बोर्ड से 12वीं का फॉर्म मैथ्स से ही भरा था। पापा का कहना था कि इंजीनियरिंग में सीटें ज़्यादा होती हैं, आसानी से मिल जाएगी। PMT निकले ना निकले, बैकअप के लिए रख लेते हैं। पर फिर मैंने पापा को समझाया और दो साल का टाइम माँगा—कहा कि अगर मेडिकल नहीं हुआ तो इंजीनियरिंग कर लूँगा। किस्मत अच्छी थी, हो गया मेडिकल और BHU में एडमिशन मिला, तो बनारस में ही रह गया। और तुम..."

अभी वह कुछ पूछने ही वाला था कि पंकज की आवाज़ ने उनका ध्यान खींच लिया। सुबह के करीब 7-8 बजे थे और उस ग्राउंड में, जहाँ गाड़ी खड़ी करके वे लोग आराम कर रहे थे, कुछ बच्चे बैट और बॉल लेकर आ गए थे। कोई 20 साल के आसपास के 15-16 बच्चे थे, सफेद टी-शर्ट, पजामा और जूते पहने हुए। पंकज उन पर ज़ोर-ज़ोर से चिल्ला रहा था—शायद गाड़ी हटाने को लेकर कोई बात हुई थी। यह सोचकर सिद्धार्थ और अविनाश दोनों उधर दौड़े।

"चलो-चलो... बड़े आए डिस्ट्रिक्ट प्लेयर! दम है तो आओ टेनिस बॉल पर। तुम्हें अंदाज़ा भी नहीं कि हमारे साथ कैसे-कैसे खिलाड़ी हैं!"

पंकज हल्ला मचा रहा था, और यह देखकर सिद्धार्थ को स्कूल के दिन याद आ गए—जब क्रिकेट खेलते वक्त पंकज को कॉमन रखा जाता था। क्योंकि वह क्रिकेट खेलना तो चाहता था, लेकिन खेलना उसे आता नहीं था। और अगर आख़िरी विकेट बचा होता और दूसरी ओर कोई अच्छा खिलाड़ी होता, तो पंकज की ज़िम्मेदारी बस दो ही होती —अगर आख़िरी बॉल है, तो किसी तरह झेल जाना; और अगर नहीं, तो जैसे-तैसे बैट से बॉल को छूकर दौड़ पड़ना, ताकि नॉन-स्ट्राइक एंड से आख़िरी गेंद पर रन पूरा करने का मौका मिले।

आज वही पंकज उन खिलाड़ियों पर रौब झाड़ रहा था, जो कोच के आने

से पहले आकर थोड़ी प्रैक्टिस करना चाहते थे। उसने जैसे ही सिद्धार्थ को देखा, ज़ोर से बोला—"लो आ गया हमारा ओपनर! तुम्हारे बॉलर्स की धज्जियाँ उड़ा देगा हमारा वी.वी.एस. लक्ष्मण। तुम्हें अंदाज़ा भी नहीं है इसके स्टाइलिश शॉट्स कैसे होते हैं! फील्डर तो फील्डिंग छोड़कर इसके शॉट पर ताली बजाने लगते हैं! है दम तो निकालो टेनिस बॉल और चुन लो अपनी इलेवन—हो जाए मुकाबला, हिंदू स्कूल बनाम दिल्ली डिस्ट्रिक्ट टीम! आज देख ही लेते हैं कौन क्या कर सकता है!"

पंकज की इतनी ललकार सुनकर वे लोग भी कहाँ मानने वाले थे। वे अपनी टीम बनाने में लग गए। तभी सिद्धार्थ ने पंकज को साइड में ले जाकर समझाया: "पंकज, क्या तुम पागल हो गए हो? क्या कर रहे हो? सबकी हालत देख रहे हो? कोई चल तक नहीं पाएगा और तुम मैच खेलने की बात कर रहे हो। यहाँ से निकलते हैं, गाड़ी में बैठो।"

पंकज कुछ कहने ही वाला था कि सिद्धार्थ और अविनाश ने उसे लगभग खींचते हुए गाड़ी में ले जाने की कोशिश की। उसी समय, टीम का एक खिलाड़ी बोला, "अच्छा किया अंकल, जो ले जा रहे हो बिचारे को। वरना कहीं बॉल गलत जगह लग जाती, तो फिर अंकल की बीवी उन्हें छोड़कर चली जाती।"

इस पर दूसरा लड़का भी ताना मारने से पीछे नहीं रहा और बोला, "तुम्हें आइडिया भी नहीं कि हमारे कैप्टन को ब्रेट ली बुलाया जाता है दिल्ली क्लब्स में।"

यह सुनकर सारे बच्चे "खी-खी" करके हँसने लगे। और उनकी यह बात सुनकर बोलेरो में बैठे लोगों की नसों में जैसे बियर खौलने लगी, टेस्टोस्टेरोन उछाल मारने लगा, और माहौल ऐसा बन गया मानो ऑस्ट्रेलिया टीम से 2003 वर्ल्ड कप फाइनल का बदला आज ही लेना हो।

वर्ल्ड कप का बदला

गुस्से में खड़ा अभिनव मनो एक लंबा मोनोलॉग बोलने लगा। वह गाड़ी से उतरते हुए लगातार बोले जा रहा था।

"कुछ भी करना था, लेकिन 90 के दशक के बच्चों के सामने ऑस्ट्रेलियाई खिलाड़ियों का नाम नहीं लेना चाहिए था। इस जनरेशन Z को उस दर्द का अंदाज़ा ही नहीं है, जिससे उस वक्त पूरा देश गुज़रा था।

एक तो रिकी पोंटिंग ने जैसे बल्ले में स्टील लगाकर छक्कों-चौकों की बरसात कर दी थी, ऊपर से हमारे गेंदबाज़ बस खड़े होकर देखते रहे—और पिटते रहे। जब बैटिंग की बारी आई, तो हमारे मास्टर ब्लास्टर ने स्ट्राइक लिया… ऐसा लगा था जैसे 1983 के बाद 2003 में 'दादा' कप उठाकर ही दम लेंगे। वो टीम, वो जोश—मानो 'लगान' की टीम फाइनल खेल रही हो। राहुल द्रविड़ विकेटकीपिंग कर रहे थे, और सचिन से लेकर गांगुली और सहवाग तक गेंदबाज़ी भी आज़मा रहे थे। ज़हीर ख़ान तो अक्सर आख़िरी ओवर में आख़िरी विकेट पर बैटिंग करके मैच जिताया करते थे।

भारत की बैटिंग शुरू हुई—पहली गेंद पर जब हमारे मास्टर ब्लास्टर ने चौका जड़ा, तो 350 पार का स्कोर भी हर भारतीय को छोटा लगने लगा।

मगर फिर… सचिन आउट।

एक-एक करके विकेट गिरने लगे।

और तभी बारिश।

पूरा देश, मानो *'लगान'* फिल्म की तरह, चाहता था कि बारिश न रुक जाए। बस चलती रहे और यह मैच धुल जाए। पर ऐसा नहीं हुआ; बौछारों के बाद बारिश रुक गई और मैच फिर से शुरू हुआ। सहवाग को देखकर ऐसा लग रहा था कि गुरु नहीं तो चेला ही इस बार नैया पार लगाएगा, पर कमबख्त वह रन आउट! पूरे भारत को रुला दिया।

जनरेशन Z को लगता है कि 2019 वर्ल्ड कप सेमीफ़ाइनल में धोनी का रन आउट सबसे दर्दनाक था—अरे नहीं साहब, छोड़ो...आप लोग नहीं समझ पाओगे वो दर्द। अगर आपने 2003 का वो मैच लाइव नहीं देखा या सुना, तो आप बस अंदाज़ा ही लगा सकते हैं। आज भले यूट्यूब पर देखकर लगे कि 'सहवाग होता तो भी कुछ नहीं होता', लेकिन 2003 में वही डूबते को सहारा था।

और आज मौका मिला था—वो अधूरा बदला जो रोहित शर्मा नहीं ले पाए थे, वो आज पंकज और उसकी टीम लेने वाली थी।

बोलेरो का दरवाज़ा खुल चुका था, और अंदर गुस्से में लाल-लाल आँखों वाले सात लोग खड़े थे। पंकज ने जोश में बोला, "तुम अपना बेस्ट इलेवन बना लो, और जो बच जाए—वो हमें दे दो। हम उसी के साथ तुम्हें हराएँगे!"

पंकज की बातों का बोलेरो गैंग पर ज़रा भी असर नहीं हुआ। वे तो इस ऑस्ट्रेलियन टीम को सिर्फ़ सात खिलाड़ियों में ही रगड़ देने के मूड में थे।

टॉस हुआ, और पंकज ने वह गलती नहीं दोहराई जो 2003 में हुई थी। इस बार पहली बैटिंग बोलेरो गैंग ने ली।

सिद्धार्थ और देवानंद मैदान पर उतर गए ओपनिंग के लिए। देवानंद स्ट्राइक लेने गया। पूरी गार्ड और फील्ड की प्लेसमेंट देखने के बाद, जब उसने पहली गेंद खेलने के लिए बैट घुमाया, तो उसे पता चला कि गेंद कुछ ही सेकंड पहले पास हो चुकी थी।

अब या तो बॉल उसके लिए कुछ ज्यादा तेज़ थी, या फिर बाबाजी की बूटी ने उसे धीमा कर दिया था। आठ ओवर के इस छोटे मैच में पहला ओवर ऐसे ही निकल गया।

शुक्र था कि उन्हें टेनिस बॉल पर खेलने की आदत नहीं थी, वरना कुछ इन-स्विंगर डालने की कोशिश में सीधी जा रही बॉल भी वाइड हो गई और टीम को पहले ओवर में ही तीन वाइड के रन मिल चुके थे।

दूसरे ओवर में अब स्ट्राइक सिद्धार्थ के पास थी। उसे जल्दी ही समझ में आ गया कि बॉलर का टेनिस बॉल पर उतना कंट्रोल नहीं है। गेंद थोड़ी अधिक उछल रही थी, और गुड लेंथ की गेंदें भी बाउंस हो रही थी।

पहले ही शॉट पर उसने अपर कट खेला, और गेंद पीछे की बाउंड्री तक जाकर चार रन पर पहुँची। पूरे बोलेरो गैंग में उत्साह का माहौल बन गया। तालियाँ और सीटियाँ ऐसे गूँज रही थीं, जैसे कोई सेंचुरी पूरी हुई हो।

तभी सबको 2003 में सचिन के बैट से पहली बॉल पर आई बाउंड्री याद आई और माहौल फिर गंभीर हो गया।

इस बार भी बॉलर ने गुड लेंथ से लो बाउंसर फेंकी, जिसे हुक करने का प्रयास किया गया, लेकिन टाइमिंग सही नहीं रही। गेंद कैच के लिए ऊपर उठी। देवानंद ने तुरंत गेंद की ओर देखा, तभी सिद्धार्थ ने जोर से आवाज़ लगाई, “भाग, देवा, भाग!”

आवाज़ सुनते ही देवानंद दौड़ा, और इस पर प्वाइंट का फील्डर भी थोड़ी देर के लिए संभल नहीं पाया। गेंद उसके हाथों में एक बाउंस लेकर नीचे गिर गई। सभी ने लंबी साँस ली।

1 रन। टीम का स्कोर: 1 ओवर, 2 बॉल, 8 रन, बिना किसी विकेट के नुकसान के।

फिर अगले तीन बॉल तक देवानंद ने बॉल की गति के साथ अपने बैट की चाल को मैच कराने की भरसक कोशिश की—लेकिन नाकाम रहा। मायूस होकर उसने अपनी टीम के साथियों की तरफ देखा। पंकज और बाकी लोग ताली बजाते हुए कह रहे थे, “कोई बात नहीं, ठीक है। लगेगा, लगेगा!”

लेकिन देवानंद ने अब फैसला कर लिया था। आँखों में गुस्सा और नाकामी का अफसोस, साथ में 2003 का अधूरा बदला—सब कुछ झलक रहा था।

देवानंद ने अपने कदम बढ़ाए। एक कदम... दो कदम... तीन कदम... चार कदम...

बॉलर तेज़ी से दौड़ रहा था और देवानंद उसकी ओर बढ़ रहा था। बॉलर कुछ समझ नहीं पाया और लेग साइड पर पूरी तरह वाइड बॉल फेंक दी। विकेटकीपर पहले से ही स्टंपिंग के लिए लेग साइड में तैयार खड़ा था। देवानंद जैसे इस बात के लिए तैयार था। उसने ज़ोर से बैट घुमाया और बॉल आने से पहले ही स्ट्रोक खेल दिया। बैट हाथ से छूट गया और कीपर के हाथों में जाने वाली गेंद अचानक बैट के हैंडल से टकरा गई। बॉल की दिशा बदल गई और बाउंड्री के पार 4 रन हासिल हुए।

अगले ओवर में स्पिनर आया और सामना कर रहे थे सिद्धार्थ। सिद्धार्थ ने गेंद को ऑफ साइड की ओर खेला, रन लेने के लिए भागे और पूरा भी कर लिया।

अगली गेंद पर देवानंद ने आखिरकार बैट से गेंद को टच किया और खुशी-खुशी उसे फील्डर की ओर जाते देखा। जब फील्डर गेंद उठाकर फेंकने ही वाला था, तब देवानंद मुस्कुराते हुए अपने स्टैंड की ओर लौट गया।

आसपास का शोर उसे बैकग्राउंड म्यूजिक जैसा लग रहा था, और उसके कानों में मानो लाखों की भीड़ से "सचिन-सचिन" की आवाज़ गूंज रही थी।

जब वह मुड़ा, तो देखा कि उसके बगल में सिद्धार्थ खड़ा था।

"भाई, तुम... !"

और यह कहते ही वह आव देखा न ताव दौड़ पड़ा और सीधे अपने टीममेट्स की ओर बढ़ा। मुस्कुराते हुए वह जा रहा था, क्योंकि उसने स्पिन बॉल पर जो स्क्वायर कट खेला था, वह बिल्कुल सही था।

न केवल टीम के स्कोर में योगदान दिया, बल्कि सिद्धार्थ के लिए भी बलिदान किया। इस मैच में वह हीरो बन चुका था—शायद बिलकुल सहवाग की तरह।

अब रन गति बढ़ाने की ज़रूरत थी। टीम के पास कुछ डबल, सिंगल और बाउंड्री के भरोसे रन थे, लेकिन 4 ओवर में 2 विकेट पर केवल 24 रन बने थे। आठ ओवर के इस मैच में यह रन रेट बहुत ही कम था। इस बात को समझते हुए सिद्धार्थ ज़्यादातर स्ट्राइक अपने पास ही रख रहा था। मूलचंद पहले ही आउट हो चुका था और अब उसके साथ बैटिंग करने के लिए अभिनव मैदान में आया।

पाँचवें ओवर की पहली गेंद:

सिद्धार्थ ने अभिनव को समझाया कि अब चौके-छक्कों के लिए खेलना होगा, क्योंकि विकेट हाथ में बचा हुआ है। उधर उनका तेज़ गेंदबाज़, जिसे सब मज़ाक में "ब्रेट ली" कहते थे, गेंद डालने की तैयारी कर रहा था। दूसरी ओर बल्लेबाज़ी के लिए अभिनव पूरी तरह तैयार खड़ा था। वह ऑफ स्टंप के बिल्कुल आगे जाकर खड़ा हो गया।

दौड़ते-दौड़ते बॉलर रुका और बोला, "अंकल, तीनों विकेट साफ़ दिख रहे हैं। स्टैंड ठीक से ले लो।"

"बेटा, जितनी तुम्हारी उम्र नहीं है, उससे ज्यादा समय से क्रिकेट खेल रहा हूँ। बॉल डालो।"

अभिनव का आत्मविश्वास देखकर सिद्धार्थ समझ गया कि वह अभी भी IPL देखता है और राशिद खान के शॉट्स की नकल करने वाला है। बॉलर यॉर्कर डालने की कोशिश करेगा—मिडिल या लेग स्टंप की ओर। अभिनव बैट से कनेक्ट करेगा और गेंद पीछे जाकर सीधा छक्का लगेगा।

लेकिन हुआ कुछ और—यॉर्कर का प्रयास... बैट नीचे आया और... बोल्ड!

शायद बॉलर ने भी राशिद ख़ान को बल्लेबाज़ी करते देखा था। उसने बिल्कुल ऑफ़ स्टंप पर सटीक यॉर्कर फेंकी। बल्लेबाज़ ने उस शॉट के लिए थोड़ा और रूम बनाया लेकिन तब तक गेंद अपना काम कर चुकी थी।

अब मैदान पर डॉक्टर साहब आए। स्कूल के दिनों में उन्होंने कभी दोस्तों के साथ क्रिकेट नहीं खेला था, क्योंकि पूरे बैच में उनकी ही महिला मित्र थी और उनके पास हमेशा समय की कमी रहती थी।

1-2 गेंदें उनके आसपास से निकलीं। वह उन्हें खेलना चाहता था, लेकिन हो नहीं पाया। एक गेंद कीपर के हाथों से छिटक गई, तो वह दौड़कर छोर बदलने को मजबूर हुआ। अब पूरा दारोमदार सिद्धार्थ के कंधों पर आ गया।

बॉलर यॉर्कर डालने की कोशिश कर रहा था, लेकिन सिद्धार्थ ने उसे लो फुल-टॉस में बदल दिया। उन्होंने बल्ला घुमाया और गेंद को कवर के ऊपर से भेज दिया। मैदान चारों ओर सीटियों और तालियों से गूँज उठा।

लेकिन तभी लगभग छह फ़ुट लंबे एक फील्डर ने अपने हाथ ऊपर उठाए और सिद्धार्थ की पूरी मेहनत को इतनी आसानी से कैच में बदल दिया कि बोलेरो टीम का दिल टूटकर रह गया।

पाँच ओवरों में टीम का स्कोर 28 रन था, 4 विकेट खोकर।

उस टीम से आए कुछ खिलाड़ियों ने हमारे कप्तान श्री पंकज जी से निवेदन किया, "भैया, हम खेलने जाएँ? अच्छी बैटिंग कर लेते हैं।"

पर पंकज को पूरे स्कूल में "कॉमन" रहने का बदला लेना था और खुद को साबित करना था। उसने बैट उठाया और मैदान की ओर बढ़ गया।

छठा ओवर, पहली गेंद:

सभी आपस में बातें करने लगे। अविनाश की बल्लेबाज़ी तीन गेंदों में ही समझ आ गई थी—तकनीक में कुछ खास दम नहीं था। और पंकज के बारे में सब जानते ही थे।

तभी अचानक एक तेज़ आवाज़ गूँजी—"पट्ट!"

गेंद सीधी फील्ड की बाउंड्री से टकराई।

लेफ्टहैंड बल्लेबाज़ अविनाश ने कैसे शॉट लगाया, यह शायद केवल अंपायर और गेंदबाज़ ही देख पाए। बाकी सभी ने तो सिर्फ़ गेंद और बल्ले के टकराने की आवाज़ महसूस की।

अगली पाँच गेंदों में भी अविनाश ने वही तरीका अपनाया—बल्ला ज़ोर से घुमाया लेग साइड की ओर। इनमें से दो गेंदें बल्ले से कनेक्ट हुईं और सीधी बाउंड्री के पार चली गईं। फील्डर्स के पास कुछ करने का मौका ही नहीं था; एक बार तो गेंद को लेने के लिए मैदान से बाहर तक जाना पड़ा।

अब अगला ओवर शुरू होने पर पंकज का एकमात्र लक्ष्य था—किसी तरह स्ट्राइक बदलकर अविनाश को खेलने का मौका देना। ताकि अविनाश अपना "चेन कुली की मेन कुली" वाला बल्ला घुमाता रहे और रनों की बरसात होती रहे।

जितना तकनीक और बलिदान देकर सिद्धार्थ ने चार ओवर में बनाया था, उतना अविनाश ने केवल चार गेंदों में ठोक दिया।

पंकज और अविनाश की नाबाद जोड़ी के दम पर बोलेरो टीम का स्कोर—79 रन।

ऑस्ट्रेलियन टीम को जीत के लिए **80 रन** चाहिए थे।

बॉलिंग का समय

अब बॉलिंग का समय था। लेकिन यहाँ एक नई समस्या सामने आ गई। जब सिद्धार्थ और उसकी टीम गेंदबाज़ी के लिए तैयार हुए, तो उन्हें एहसास हुआ कि हाथ घुमा कर गेंद फेंकने पर कंधा ठीक से साथ नहीं दे रहा। अलग-अलग तरह के दर्द की शिकायतें सामने आने लगीं।

तो दूसरी टीम से बातचीत के बाद यह तय हुआ कि जो हाथ घुमा सकता है, वही बॉलिंग करेगा। बाकी खिलाड़ी केवल हल्के झटके के साथ स्पिन गेंदबाज़ी करेंगे।

और यहीं से हुई सबसे बड़ी चूक। बोलेरो टीम के पास कुल 7 **गेंदबाज़** थे, लेकिन वे दूसरी टीम के "ऑस्ट्रेलियन खिलाड़ियों" पर ज़रा भी भरोसा नहीं कर रहे थे। नतीजा यह हुआ कि जो गेंद 360 डिग्री घूमते हुए स्विंग या स्पिन लेनी चाहिए थी, वह अब छाती की सीध में सीधी "कंचा स्टाइल" निशाना साधते हुए जा रही थी।

कुछ बल्लेबाज़ों ने इस पर अपील की, तो सामने से जवाब आया, "जब हमारा हल्का-सा झटका ही नहीं खेल पा रहे हो, तो इंडिया के लिए क्या खाक खेलोगे? डेल स्टेन जैसे गेंदबाज़ों को कैसे झेलोगे? देख लो भाई साहब, यही है टीम इंडिया का भविष्य।"

बस फिर क्या था—इतने स्पीड वेरिएशन के साथ बॉलिंग हुई कि विरोधी टीम कुछ समझ ही नहीं पाई। कभी गेंद 80 किमी/घंटा की रफ्तार से आ रही थी, तो अगली ही गेंद 135 किमी/घंटा की रफ्तार से। एक के बाद एक विकेट गिरते गए और बल्लेबाजों का हौसला लगातार टूटता गया।

कुछ गेंदें तो ऐसे कनेक्ट हो रही थीं कि सीधे लंबे छक्के के लिए जा रही थीं, लेकिन अगली ही बॉल पर बल्लेबाज़ ऐसे बीट हो रहे थे कि कॉन्फिडेंस लौट ही नहीं पा रहा था। अब दूसरी टीम को लगने लगा कि बोलेरो वाले जानबूझकर ढीली फील्डिंग कर रहे हैं ताकि सामने वाले को थोड़े रन मिल जाएँ।

लेकिन असलियत कुछ और थी—बोलेरो टीम के पास बोल्ड के अलावा कोई चारा ही नहीं था। बॉल पकड़ना तो दूर, हाथ से टच तक नहीं हो पा रही थी! फिर भी, उनकी गेंदबाज़ी का वो निशाना आखिर चल ही गया—और बस, खेल पलट गया।

आख़िरकार, 2003 का बदला बोलेरो टीम ने ले ही लिया। "ऑस्ट्रेलियन टीम" का स्कोर रहा—8 ओवर में 60 रन पर 6 विकेट।

मैच बोलेरो टीम के नाम हुआ।

मैच खत्म होते ही विवेक ने हारी हुई टीम की तरफ़ देखकर बोला— "ओए ब्रेट ली, तुम्हें देखकर एक शायरी याद आ रही है, सुनते हुए जाओ।"

अर्ज़ किया है—

सबने बोला, "वाह-वाह!"

ख़ुदा की क़सम, ख़ुदा जो बुरा माने,

ख़ुदा की क़सम, ख़ुदा जो बुरा माने,

बातों से ही **G फाड़ देंगे,**

ताक़त का हाल ख़ुदा ही जाने।

शायरी सुनकर दूसरी टीम के कुछ लोग पलटे लड़ने के लिए, मगर उन्हें खींचते हुए बाकी के लोग ले गए। और यहाँ टीम बोलेरो एक साथ ठहाका लगाकर हँसने लगी।

इसी खुशी में एक अच्छा-सा फोटो लिया गया, यादगार के लिए।

और फिर वही हुआ, जो होना तय था—"पार्टी मतलब... और बियर!"

"अभी तो पार्टी शुरू हुई है...!!"

यह जीत का जश्न मनाने वाली पोस्ट तुरंत इंस्टाग्राम पर डाल दी गई—और कुछ ही मिनटों में हिंदू स्कूल में जंगल की आग की तरह फैल गई। टीम ने पार्टी के लिए एक होटल रूम बुक किया और वहीं से मस्ती दोबारा शुरू हो गई, जहाँ से मैच से पहले छोड़ी थी।

स्कूल के बाकी दोस्तों को अब तक की तस्वीरें देखकर जितनी जलन नहीं हुई थी, उससे कहीं ज़्यादा इस मैच की फ़ोटो देखकर हुई। पूरी हिंदू क्रिकेट टीम को एक साथ बुरा लगा। सबने वीडियो कॉल पर जुड़कर अफसोस जताया— "काश, हम भी वहाँ होते... जब 2003 का बदला लिया जा रहा था!"

अब इस खुशी में बातें रुकने का नाम नहीं ले रहीं थीं। वो सातों लोग, जो कुछ दिन पहले तक एक-दूसरे की ज़िंदगी से बिल्कुल अंजान थे, अब फिर से पुराने दोस्तों की तरह करीब आने लगे थे।

पंकज का ज्ञान-प्रवाह एक बार फिर शुरू हो गया, लेकिन अब सब उससे ऊब चुके थे—और इतने बेफ़िक्र भी हो गए थे कि उसे गाली देकर चुप कराने में संकोच नहीं था। वह भी गालियाँ सुनकर मुस्कुरा रहा था, जैसे बरसों बाद दोस्तों से गाली खाने का सुख नसीब हुआ हो। मस्ती के बाद अब माहौल थोड़ा भावुक हो चला था। सब अपने-अपने ग़म और अधूरे किस्से साझा कर रहे थे कि तभी पंकज ने अपना सपना सुनाना शुरू किया।

"मैंने यूपीटीयू के लखनऊ कॉलेज से मैकेनिकल इंजीनियरिंग की। हमारे सीनियर बैच में केवल दो लड़कियाँ थीं। स्कूल के समय हम सभी साथ थे, कॉलेज में भी केवल लड़कों के साथ। अब देखो, तीस पार कर गए और आज तक किसी लड़की को लेकर क्लब तक नहीं गए। किसी क्लब में लड़की के साथ डाँस तक नहीं किया। अरे यार, ये भी कोई जिंदगी है?"

सबने मिलकर फैसला किया कि पार्टी अधूरी नहीं छोड़ी जाएगी। वे गुड़गांव के एक क्लब पहुंचे, जहाँ खूब डाँस और मस्ती हुई।

लेकिन पंकज का सपना—किसी लड़की के साथ डांस करने का—सपना ही रह गया। जब भी कोई लड़की उसके पास डाँस करने आती, वह शर्म से साइड हो जाता और लड़की या तो सिद्धार्थ के साथ, या फिर अविनाश के साथ डाँस करने लगती।

ऐसे मौके पर अविनाश भाई ने अपना जलवा दिखाया और पूरे क्लब में छा गए।

सुबह के पांच बजे तक, जब तक क्लब के बाउंसर्स ने धक्का मारकर उन्हें बाहर नहीं किया, वे लोग क्लब से बाहर नहीं निकले।

इस दौरान पंकज ने सिद्धार्थ से कहा, "सिद्धार्थ, मेरे फ्लैट पर चलते हैं? यह अशोक नगर में ही है। तीन कमरे का फ्लैट है और सिर्फ एक रूममेट मौजूद है। हम सभी आराम से एडजस्ट कर लेंगे।"

सिद्धार्थ ने जवाब दिया, "नहीं यार, सब थके हुए हैं। होटल जाकर सो लेते हैं और जगकर फिर कॉल करते हैं। मिलकर जाएंगे।"

"ठीक है, कोई बात नहीं। पर जाने से पहले मिलकर तो जाना, भाई," पंकज थोड़ा उदास होकर बोला। सिद्धार्थ ने उसे गले लगा लिया। यह देखकर बाकी सब भी आ गए और एक बड़ा ग्रुप हग हुआ। ऐसा लग रहा था जैसे पूरे दस साल की दूरी और कसर बस दो दिन में मिटा दी गई हो। उन लोगों ने लॉन्ग ड्राइव, बनारस से दिल्ली का सफर, क्रिकेट मैच और लेट नाइट क्लब पार्टी—सभी का पूरा मज़ा ले लिया था।

"पक्का भाई, मिलकर ही जाऊँगा। और फिर एक रीयूनियन का प्लान भी बनाएँगे।"

"लेकिन हाँ, बार-बार नहीं—छह महीने में एक बार काफी है, वरना घरवाले हमें घर से निकाल देंगे," अविनाश ने मुस्कुराते हुए कहा।

"हाँ भाई, पक्का मिलते हैं, पक्का," भंड गैंग ने एक साथ कहा।

"मैं तुम्हें बोलेरो से अशोक नगर तक छोड़ देता हूँ," सिद्धार्थ ने कहा।

"नहीं-नहीं, अब तो सुबह छह बजे से मेट्रो चलने लगेगी। मैं सीधा मेट्रो पकड़कर निकल जाऊँगा। तुम लोग होटल चले जाओ। चलो, बाय।"

"जाने से पहले मिलकर जाना, भाई..."

बाय कहकर सब बोलेरो में बैठे। सब शाँत थे; किसी ने कुछ नहीं कहा। चुपचाप होटल तक पहुँचे। माहौल थोड़ी उदासी वाला था। डाँस और पार्टी के बाद

सबका नशा उतर चुका था, और पंकज को छोड़ने के बाद उनकी मज़ाक-मस्ती करने की ताकत भी जैसे ख़त्म हो गई थी।

शाम होते ही, नहा-धोकर सब जाने के लिए तैयार हो गए।

"पंकज को कॉल कर लें?" देवानंद ने पूछा।

"नहीं यार, फिर वो मिले बिना जाने ही नहीं देगा, और आज भी यहीं रुकना पड़ेगा। चलो, निकलते हैं। कल सीधा सॉरी बोल देंगे," सिद्धार्थ ने कहा।

"ठीक है, चलो। अब और रुकना नहीं चाहिए, रोज़ घरवालों से गाली सुननी पड़ रही है।"

"हाँ, ठीक है, चलते हैं।"

सब लोग बोलेरो में बैठ गए। अब किसी का मन न तो बियर पीने का था और न ही गांजा छूने का। बीच-बीच में कहीं केवल चाय और सिगरेट के लिए ही रुके। इस बार सभी को बस जल्द-से-जल्द घर पहुँचने की ही चिंता थी। और इसी दौरान उन्हें पहली बार एहसास हुआ कि बोलेरो का इंजन कितना दमदार है—जो सहज ही 120 से अधिक की रफ़्तार पकड़ सकता है।

घर पहुँचते ही सिद्धार्थ सो गया। जब वह जागा तो उसे लगा कि पंकज को कॉल करके माफ़ी माँग लेनी चाहिए। उसने दो–तीन बार कॉल किया, लेकिन पंकज ने फ़ोन नहीं उठाया। सिद्धार्थ को लगा कि शायद पंकज नाराज़ है, इसलिए कॉल नहीं उठा रहा, या फिर अब तक सो रहा है।

दोपहर लगभग एक से दो बजे के बीच उसने फिर कॉल किया। जब कोई कॉल बैक नहीं आया, तो उसे लगा कि शायद बिना मिले ही आना गलत था। पंकज बहुत गुस्से में होगा। उसने एक बार और कॉल किया, और इस बार दूसरी रिंग में ही फोन उठ गया।

"हैलो... अरे भाई, सॉरी। नहीं मिल पाया। थोड़ा जल्दी में निकलना पड़ा। सॉरी भाई," सिद्धार्थ ने बिना मौका गंवाए अपनी बात कह दी।

उधर से आवाज़ आई, "हैलो, मैं इंस्पेक्टर अजीत बोल रहा हूँ।"

"जी..." एक सेकंड के लिए सिद्धार्थ घबराया, फिर खुद को सँभालते हुए याद दिलाया कि वह भी पुलिस वाला ही है।

"नमस्कार जनाब, मैं इंस्पेक्टर सिद्धार्थ बोल रहा हूँ, बिहार से। यह मेरे दोस्त पंकज का ही नंबर है ना?"

"नमस्कार जनाब। जी, यह पंकज का ही नंबर है।"

"तो उसका फोन आपके पास कैसे? चोरी हो गया था क्या?"

"नहीं, जनाब। आपके दोस्त ने सुसाइड कर लिया है। पंखे से लटककर।"

इसके बाद जो कुछ भी कहा गया, सिद्धार्थ को कुछ भी सुनाई देना और समझ आना बंद हो चुका था।

सिद्धार्थ के कानों में बस एक "सनन्नन्नन्न..." जैसी आवाज़ गूँजती रही।

उधर से बार-बार "जनाब... जनाब..." की आवाज़ आ रही थी। इतना मज़बूत दिल रखने वाला सिद्धार्थ भी टेबल का सहारा लेकर कुर्सी पर बैठ गया। उसने पानी का एक गिलास माँगने के लिए आवाज़ लगानी चाही, पर गले से आवाज़ नहीं निकली।

उसे कुछ भी सूझ नहीं रहा था। बस पंकज का चेहरा, उसकी हँसी और वह बात: "जाने से पहले मिलकर जाना, भाई..."

"जाने से पहले मिलकर जाना, भाई...!"

सिद्धार्थ कहीं न कहीं इसका दोषी खुद को मान रहा था। उसे लग रहा था कि काश, वह उस दिन उसके साथ होता। काश, उस दिन मिल लेता। काश, अकेले में बैठकर उससे बातें कर लेता। काश, वह सच में सुन पाता कि उसकी समस्या क्या है। यह काश उसके दिमाग से नहीं जा रहा था। उस पल उसे कुछ सूझ नहीं रहा था। न तर्क, न सवाल, न गुस्सा। बस यादें—बिना क्रम, बिना चेतावनी।

पंकज की हँसी। उसकी आँखों की चमक। और वह बात—जो तब दोस्ती की शरारत लगती थी, पर अब सीने पर पत्थर बनकर गिर रही थी—

"जाने से पहले मिलकर मिलके जाना, भाई..."

वही पंक्ति लौट रही थी। बार-बार। हर बार पहले से ज़्यादा भारी होकर।

अब वह वाक्य विदा नहीं था—जैसे एक आरोप हो। जैसे कह रहा हो, "तुमने वक़्त नहीं निकाला।" जैसे पूछ रहा हो, "इतने पास होकर भी तुमने देखा क्यों नहीं?"

और तभी उसके भीतर एक और दुख उभर आया—और भी निजी, और भी चुभता हुआ। उसे लगने लगा, शायद बात इतनी भी बड़ी नहीं थी। शायद बस एक शाम चाहिए थी। एक टेबल, दो कुर्सियाँ, और बीच में रखी दो बोतलें—जिन्हें वे अक्सर बहाने की तरह इस्तेमाल करते थे, बात शुरू करने के लिए।

शायद एक-दो बियर साथ बैठकर पी ली होती। शायद पंकज बोलता, और सिद्धार्थ चुपचाप सुन लेता। या नहीं सुन पाता—तो समझाता। या समझाते-समझाते झुंझला जाता। या झुंझलाकर डाँट ही देता।

और अगर कुछ भी काम न आता—तो शायद गाली ही दे देता। या उसकी गालियाँ सुन लेता।

अब उसे साफ़ समझ आ रहा था—कभी-कभी दोस्तों की गालियाँ दुनिया की किसी दवा से ज़्यादा असर कर जाती हैं। कभी-कभी वही हँसी में कही गई कठोर बात उस ज़ख़्म को भी भर देती है जो लाइलाज-सा लगने लगता है। क्योंकि उसमें अपनापन होता है। क्योंकि उसमें यह भरोसा होता है—**"मैं यहीं हूँ, भाग नहीं रहा।"**

पर वह वहाँ नहीं था।

यही सोच उसे सबसे ज़्यादा तोड़ रही थी। उसे बार-बार लग रहा था कि उस ट्रिप में पंकज किसी जगह से नहीं—**किसी उम्मीद से आया था**। और वह उम्मीद कोई योजना नहीं, कोई बहाना नहीं—**वह खुद सिद्धार्थ था**।

जैसे पंकज को यह यक़ीन हो कि उसके ग़म को बाँटने, छीनने नहीं बल्कि **निकाल कर बाहर फेंक देने** की ताक़त अगर किसी में है, तो वह सिर्फ़ उसी में है। शायद इसी वजह से वह आया था—कुछ कहने नहीं, बस साथ बैठने। शायद वह देखना चाहता था कि सिद्धार्थ अभी भी वैसा ही है या नहीं—वही, जो बिना ज़्यादा सवाल किए पास बैठ जाता था।

अब पंकज का चेहरा याद करते हुए सिद्धार्थ को उसकी हर नज़र में एक सवाल दिखता था। एक अधूरी बात। एक रुकी हुई उम्मीद।

जैसे वह आँखों से पूछ रहा हो—**"तू है न?"**

और यही सवाल अब सिद्धार्थ को सबसे ज़्यादा सता रहा था। क्योंकि जवाब उसके पास था— पर वक़्त पर नहीं।

उसे अब समझ आ रहा था कि कभी-कभी किसी को बचाने के लिए न बड़े शब्द चाहिए होते हैं, न सही सलाह, न समाधान।

कभी-कभी सिर्फ़ इतना काफ़ी होता है— पास बैठ जाना। भाग न जाना।

वह जानता था—यह "काश" बीते को वापस नहीं ला सकता। पर शायद किसी और के लिए देर न हो—इस सोच ने उसके भीतर पहली बार हल्की-सी हलचल पैदा की।

और इसी टूटन से, इसी अपराध-बोध से, इसी अटके हुए "काश" से सिद्धार्थ ने एक मुहिम शुरू की— नाम रखा उसने बस एक शब्द में—

"काश।"

और इसी "काश" की वजह से उसने एक मुहिम शुरू की: "काश।"

उसने फेसबुक और इंस्टाग्राम पर एक पेज बनाया, "काश... बिफोर सुसाइड...", और रेडियो पर भी इसका प्रचार किया।

उसने लोगों से अपील की कि उसके इलाके के जितने भी लोग, जिन्हें एक बार भी सुसाइड का ख्याल आया हो, या मन में ऐसी इच्छा जागी हो, वह उसके पास आएँ और उससे बात करें। शायद कोई हल निकल आए।

लोग अक्सर उसकी इस अजीब हरकत पर अंदर ही अंदर हँसते थे। क्योंकि अक्सर वही लोग उसके पास शिकायत लेकर आते, जिन्हें बिहार में दारू नहीं मिल पाती थी।

वे आकर बोलते, "साहब, सुसाइड कर लेंगे अगर दारू नहीं मिली तो।"

पहली बार कोई ऐसा इंसान आया था, जिसे देखकर सिद्धार्थ को लगा कि यह सच में मरना चाहता है। उसकी आँखें उतनी ही बेजान थीं जितनी "बाय" बोलते वक्त पंकज की थीं। वही झूठी हँसी, वही खोखली बातें। अक्सर लोग अंधेरे को समझने के लिए रोशनी कर देते है, जबकि जरूरत अंधेरे मे उतर कर उसे महसूस करने की होती है।

केस - फ़र्स्ट: ठग १

वर्तमान

यादों के झरोखों ने सिद्धार्थ की आंखे थोड़ी नम कर दी थी। सिद्धार्थ ने खुद को संभालते हुए उस बच्चे की ओर देखते हुए कहा, "अच्छा, छोटू, तुम्हारा नाम क्या है? और इतनी बड़ी बातें करते हो, जो तुम्हारी उम्र से कहीं अधिक हैं। कभी-कभी थोड़ा सोच-समझकर बोल लिया करो।"

सिद्धार्थ ने पुलिस वाला रौब दिखाने की कोशिश करते हुए कहा। उसकी बातें सुनकर बच्चा पहले तो डर गया, फिर खिलखिलाकर हँस पड़ा और बोला, "बसंती बोलते हैं सब मुझे।"

सिद्धार्थ चौंककर पूछ बैठा, "बसंती...एक लड़के का नाम बसंती क्यों?"

"उफ़्फ़ अंकल जी, आप तो सच में पूरी कहानी जानकर ही रहोगे। ठीक है, बताता हूँ। मैं स्टोरी टेलर बहुत अच्छा नहीं हूँ, इसलिए कहानी थोड़ी आगे-पीछे होगी, चलेगी ना?"

सिद्धार्थ ने बस सहमति में सिर हिलाया। पर उसके मन के एक कोने में यह भी चल रहा था कि शायद इस लड़के को कोई लड़का पसंद है और इसलिए वह अपना नाम बसंती रखता है।

लेकिन उम्मीद से ज्यादा, उस लड़के ने अपनी कहानी पैदा होने से शुरू कर दी। यह देखकर सिद्धार्थ ने लंबी साँस ली और बोला, "भाई, पैदा होने से नहीं। बस इतना बता दो कि तुम्हारा नाम बसंती कैसे पड़ा?"

"ओके, इसका कारण है ये मेरे होठों के ऊपर का तिल।"

वह बच्चा साफ़ देख सकता था कि सिद्धार्थ अजीब-सा, थोड़ा कन्फ्यूज़ चेहरा बनाकर उसे घूर रहा है। उसने अपनी गलती समझते हुए अच्छे से समझाना शुरू किया।

"अरे भैया, देखिए, मैं ऑल बॉयज़ स्कूल में पढ़ा हूँ। वहाँ जन्माष्टमी के दिन झाँकी होती थी। और स्कूल के कई सारे बच्चों को उस झाँकी में कृष्ण की कुछ कहानियों के मुख्य दृश्य को चित्रित करना होता है। जैसे कंस वध, पूतना वध, कृष्ण जन्म, माखन चोरी और रास लीला।

हमारे स्कूल के गेट से घुसते ही एक बड़ा बरगद का पेड़ होता था, जहाँ झूले पर राधा-कृष्ण की जोड़ी बैठी रहती थी। उस बड़े झूले पर, मेरी इस ब्यूटी मोल (तिल) की वजह से, मुझे मुख्य राधा का रोल मिला। मुझे सज-धजकर कृष्ण के कंधे पर सिर रखकर बैठना होता था, ताकि मुख्य अतिथि आएँ, हमें देखें और फिर वहाँ से बाकी झाँकियों को देखने का सिलसिला शुरू हो।"

एक साँस में उस बच्चे ने पूरी कहानी सुना दी।

"पर फिर तो तुम्हारा नाम राधा पड़ना चाहिए था। ये बसंती क्यों पड़ा?" अभी भी सिद्धार्थ का कन्फ्यूज़न खत्म नहीं हुआ था।

"यही बात तो आज तक मेरी समझ में नहीं आई," बच्चे ने कहा। "देखिए, क्या हुआ था उस दिन। झाँकी में क्या होता है? कुछ लोग पुतला बनकर खड़े या बैठे होते हैं।"

बच्चे ने जैसे किसी टीचर की तरह सिद्धार्थ को समझाना शुरू किया, और बदले में सिद्धार्थ ने भी एक स्टूडेंट की तरह सिर हिला दिया।

"और मैं भी पुतला बनकर, अपने कृष्ण के कंधे पर सिर टिकाए हुए था। लेकिन जो लोग हमें देखने आते थे, उनमें क्या होता ना? कुछ बड़े-बड़े अंकल और आंटियाँ आगे-आगे खड़े होकर फोटो क्लिक करने लगते, और पीछे खड़े छोटे-छोटे मेरे दोस्तों को मौका ही नहीं मिलता था कि वे मुझे देख पाएँ।

"तो मैं सबको उनके नाम लेकर बुलाता रहता था। जैसे, 'अभय, इधर देखो, पहचाना? मैं राधा बना हूँ।' या 'उत्कर्ष, इधर देखो, मैं राधा बनी हूँ।' दीपक ने तो हद ही कर दी; आकर हमारे सामने सिर झुका कर प्रणाम कर दिया। मेरी हँसी निकल गई और मैंने कहा, 'अरे दीपक, ये मैं हूँ। मैं राधा बनी हूँ। पहचाना?'

"और आपको पता है, कई लड़के तो मानने को तैयार ही नहीं हो रहे थे। तो मुझे उस झूले से उतरकर विग निकालकर दिखाना पड़ा कि देखो, सच में मैं ही हूँ।

"मुझे भी यही लगा था कि अगले दिन से सब मुझे 'राधा-राधा' बुलाएँगे। लेकिन जब मैं क्लास में पहुँचा, तो सबसे पहले मेरी मैम ने हँसते हुए मुझे देखकर कहा, 'गुड मॉर्निंग, बसंती राधा।' और तब से, पता नहीं क्यों, लोग मुझे बसंती-बसंती बुलाने लगे।"

उस बच्चे की बात पूरी भी नहीं हुई थी कि बहुत संभालने के बाद भी सिद्धार्थ की हँसी निकल ही गई।

"मुझे समझ में आ गया सब तुम्हें बसंती क्यों बुलाते हैं। चलो, अब अपनी प्रॉब्लम बताओ। और तुम यहाँ बिहार में, वो भी भरमुआ में कैसे? तुम भी तो हिंदू स्कूल के ही हो ना?"

यह सुनकर अजीब-सा चेहरा बनाते हुए उस बच्चे ने कहा, "क्या भैया, आप भी ना! इतनी बार आपने मुझे स्कूल में खेलते हुए देखा और अभी भी पूछ रहे हैं कि हिंदू स्कूल का ही हूँ ना? अरे हाँ! और भरमुआ में कैसे?"

उसकी बातें सुनकर सिद्धार्थ समझ गया कि यह बसंती बिना रुके भरमुआ से बनारस तक की कहानी विस्तार से, वह भी एक साँस में सुनाने वाला है। उसने लंबी साँस ली, आँखें बंद कीं, दीवार से सिर टिकाया और उसकी बातें सुनने लगा।

"अरे भैया, क्या बताऊँ। मैंने फॉर्म-वॉर्म भरा ताकि बनारस घूमने का मौका मिल सके। वहाँ एग्ज़ाम सेंटर में जाने पर देखा कि बड़ा गेट गोलंबर जैसा था। उसके ऊपर एक काली मूर्ति के सिर पर छतरी लगी हुई थी, और गेट पर बड़े अक्षरों में लिखा था—'बनारस हिंदू यूनिवर्सिटी'।

"एग्ज़ाम सेंटर में पहुँचकर देखा कि वहाँ लोग भर-भर के थे। मैंने चारों ओर देखा और पेपर खोला। सवाल आसान ही थे।

"मुझे लगा कि इतना आसान है तो शायद 100 में से 100 लाने वालों का ही होगा। मैंने पूरा दिमाग का इस्तेमाल करते हुए 98 सवालों पर टिक मार दिए। कुछ अक्कड़-बक्कड़ करके भी मारे। मारने को मैं 100 भी मार सकता था, लेकिन बैक बेंचर्स की आदत और अम्मा की सलाह के कारण—कि हमेशा पूरी तरह अच्छा नहीं करना चाहिए, वरना नज़र लग सकती है—मैंने दो सवाल छोड़ दिए।

"अब एग्ज़ाम खत्म होने को आया तो क्वेश्चन पेपर के पहले पेज पर कुछ इंस्ट्रक्शन्स लिखे हुए थे। मैंने सोचा कि इन्हें पढ़ लूँ। जब मैंने उन्हें पढ़ा, तो मुझे लगा— भैया... उफ़्फ़!"

उसके ओवरड्रामैटिक "उफ़्फ़्फ़्फ़" को सुनते ही सिद्धार्थ समझ गया कि बच्चा क्या पढ़ा होगा। पर वह भी जानता था कि बीच में रोकने का कोई फायदा नहीं है—यह बच्चा अपनी पूरी कहानी सुनाए बिना शांति से नहीं बैठेगा। इसलिए उसने गहरी साँस ली, आँखें बंद कर दीं और उसकी बातें सुनने लगा।

"आपको पता है, उसमें लिखा था कि सही उत्तर पर 1 मार्क्स मिलेगा और गलत पर 1/4 मार्क्स कटेंगे। मतलब मेरे नंबर इस बार शून्य से भी नीचे जाने वाले थे। अब मेरे पास दो ही तरीके थे—या तो सारे उत्तर मिटाकर शून्य से संतोष कर लूँ, या अपनी किस्मत पर भरोसा करके यह दुआ करूँ कि इतने अंक आ जाएँ कि मैं अपने पिताजी के सामने मुँह बनाकर रोऊँ, ताकि वे मुझे पीटें नहीं, बल्कि कहें, 'कोई बात नहीं, 2-4 अंक से चूक गया है।'"

फिर उसे कुछ याद आया और वह बच्चा चौंककर बोला, "भैया, आपको पता है, करीब 1 लाख बच्चे फॉर्म भरते हैं, और केवल 100 सीटें होती हैं। कमाल है ना!"

"हाँ भाई, मुझे हिंदू स्कूल के बारे में क्या पता! मैंने वहाँ से कौन सी पढ़ाई की है?" सिद्धार्थ ने व्यंग्य के अंदाज़ में कहा।

यह सुनकर बच्चा बड़ी मासूमियत से पूछ बैठा, "अच्छा, आपने वहाँ से पढ़ाई नहीं की है? तो फिर आप मेरे स्कूल में क्यों आते थे?"

उसकी यह बात सुनकर सिद्धार्थ झुँझला गया और बोला, "भाई, तू अपनी कहानी आगे बढ़ा ना।"

तभी सिद्धार्थ का फ़ोन बज उठा। स्क्रीन पर नाम देखते ही, और कॉल रिसीव करते ही, वह तुरंत खड़ा हो गया। "जय हिंद, साहब!"

उसने ऐसे कहा मानो सामने वही व्यक्ति खड़ा हो, न कि फ़ोन पर।

"जय हिंद, जय हिंद... अरे, मेरे सुसाइड स्क्वाड के अकेले सिपाही! कोई असली केस भी सँभालना है, या फिर बस पियक्कड़ों और नशेड़ियों की धमकियाँ ही सुनते रहोगे?"

SHO ने जितने दबाव के साथ यह बात बोली, सिद्धार्थ सन्न रह गया। और फिर बच्चे की ओर देखकर अपनी किस्मत पर थोड़ा रोया।

"चाहिए, जनाब!" बिल्कुल बॉर्डर पर तैनात सिपाही की तरह उसने जवाब दिया।

"तो फिर स्टाफ रूम से बाहर निकलिए और मेरे ऑफिस में आइए।"

SHO को सीधे बात करने की आदत नहीं थी। वह हमेशा घुमा-फिराकर चोट करने के अंदाज़ में बोलते और फिर "-खीं" की अजीब-सी आवाज़ निकालकर अपने ही सेंस ऑफ़ ह्यूमर पर हँस पड़ते।

उनके दो अलग-अलग रूप थे— पहला, जूनियर्स के सामने। वहाँ वे ठहराव और दबाव के साथ बात करते, आवाज़ में गहराई और लहजे में हल्का-सा व्यंग्य भरकर। दूसरा, अपने सीनियर्स के सामने, जहाँ उनका व्यवहार पूरी तरह बदल जाता था।

ओह हो! पूछिए ही मत। तब तो ऐसा लगता मानो वे कोई और ही इंसान हों। बिल्कुल तनकर बैठे रहते—"जी जनाब, जी जनाब, यस सर..." बस यही बातें मुँह से निकलती थीं।

और अगर गलती से कोई केस की प्रोग्रेस पूछ बैठता, तो वे बिना हकलाए दो लाइन भी नहीं बोल पाते। जल्दी-जल्दी से ऐसे बताते मानो बचपन में हम अंग्रेज़ी का कोई मुश्किल शब्द न पढ़ पाने पर उसे जिबरिश में बोल जाया करते थे।

वैसे ही वह अपनी किसी रिपोर्ट की प्रोग्रेस सीनियर्स को बताते और आखिर में जोड़ते, "एकदम फास्ट-पेस पर रखे हैं, सर। हमारी पहली प्रायोरिटी यही केस है।"

जितने सीनियर्स के कॉल, उतनी ही "पहली प्रायोरिटी"।

सिद्धार्थ SHO के ऑफिस में जाने से पहले अपना बेल्ट, टोपी और वर्दी एक बार फिर से ठीक कर लेता है।

SHO का ऑफिस ठीक हॉल के बाद था। हॉल में घुसते ही दाहिनी तरफ हवालात दिखती थी, जहाँ अक्सर कुछ नशे में धुत लोग या अपराधी बंद रहते थे। बाहर उनके घरवाले या मिलने आने वाले लोग खड़े होकर बातें करते दिख जाते, और अगर कोई चोर पकड़ा गया हो, तो उसे लाने वाले लोग भी वहीं रुकते। हॉल के दूसरे छोर पर एक बड़ा-सा टेबल रखा था। उसकी एक तरफ कुर्सी रहती थी, जहाँ आम तौर पर कोई पुलिस अधिकारी बैठा होता, लोगों की शिकायतें सुनने या दर्ज करने के लिए। टेबल के सामने एक बेंच लगी थी, जिस पर फरियादी या कोई आम नागरिक, अगर किसी काम से आता, तो बैठकर अपनी बारी का इंतज़ार करता।

उस टेबल और कुर्सी के ठीक पीछे एक छोटा-सा कंप्यूटर रूम था, जहाँ FIR से जुड़ी जानकारियाँ और बाकी दफ्तरी रिकॉर्ड अपडेट किए जाते थे। उस रूम के बगल में ही SHO सर का ऑफिस था। दरवाज़े पर लाल और हरे फूल-पत्तियों वाला पर्दा लटका रहता था। अगर पर्दा गिरा हुआ दिखे, तो मतलब SHO सर अंदर हैं। जब तक वो ऑफिस में होते, दरवाज़े पर एक सिपाही तैनात रहता, जो SHO सर के मूड और बारी के हिसाब से फरियादियों को अंदर भेजता। लेकिन कुछ रसूखदार लोग उस सिपाही को नजरअंदाज कर, सीधे पर्दा हटाकर भीतर चले जाते थे।

सिद्धार्थ सीधे ऑफिस के अंदर गया, SHO को सलाम किया और एक ओर खड़ा हो गया। SHO की नेमप्लेट हल्के से निकले पेट पर टिकी हुई थी और उसके पीछे लगा बड़ा-सा सेफ़्टी पिन साफ़ दिखाई दे रहा था। उनका चेहरा औसत से कुछ छोटा और गोल था। सिर पर घुँघराले लेकिन कम घने बाल थे, जो घुँघरालेपन के कारण पूरे सिर को ढककर रखे हुए थे।

SHO ने चश्मा पहना हुआ था, जो नाक के टिप पर आकर उनके फूले हुए नथुनों से टकराकर आगे जाने से रुक जाता था। शरीर के हिसाब से ज़रा पतली बाइसेप्स वाली बाँहें जब वो ऊपर उठाते और लंबी साँस लेते, या किसी सोच में डूब जाते, तो अपनी उन्हीं पतली बाँहों के सहारे उस कुर्सी पर लेट जाते, जिस पर हमेशा एक सफेद तौलिया बिछा रहता था। जैसे ही वो लेटते, उनका पेट हल्का अंदर चला जाता, सीना तनकर बाहर आ जाता, और तभी उनकी नेमप्लेट फटाक से ऊपर उठकर चमकने लगती—सुनहरे अक्षरों में खुदा उनका शानदार नाम सबको दिखाई देता: **"URANIUS KARKETA"**।

बेचारे कर्केता जी, जो बिहार के कैमूर डिस्ट्रिक्ट में रहते थे—जहाँ अभी तक बच्चों के फैंसी नामों में ज्यादातर 'प्रशांत' और 'गोलू' ही रखे जाते थे—वह अपने नाम के कारण होने वाले ताने और अन्याय को दिन में कई बार झेलते थे। फिर भी मुस्कुराते हुए वे कहते, "हेहेहे, उतना अलग नाम भी तो नहीं है हमारा!"

सिद्धार्थ को कर्केता जी के अलग नाम होने का सिर्फ एक ही कारण पता था—वे क्रिश्चियन थे। उससे ज्यादा उसे जानने की इच्छा भी नहीं थी।

कर्केता जी अपना कमरा बिल्कुल कैमूर के DM सर की तरह सजा कर रखते थे। टेबल के एक तरफ सुष्मिता जी बैठती थीं, जो डायरी में नोट करती रहतीं कि किस फरियाद पर क्या कार्रवाई करनी है। टेबल के दूसरी तरफ वाली कुर्सी पर कर्केता जी के चहेते लोग बैठते—जो अक्सर उनकी तारीफ़ करते रहते

कि कर्केता जी कितना बढ़िया काम कर रहे हैं, और साथ ही शहर की छोटी-बड़ी खबरें भी शेयर करते। ये लोग ज़्यादातर पत्रकार या फिर छोटे-मोटे नेता होते थे। कर्केता जी के सामने दो बिना पहियों वाली कुर्सियाँ लगी रहतीं, जिन पर कोई सामान्य या कम महत्वपूर्ण व्यक्ति बैठता था। और उनके ठीक पीछे स्टील की चार-जॉइंट वाली लंबी कुर्सी रहती, जिस पर फरियादियों की "वेटिंग लिस्ट" लगी होती थी।

ठग 2

धर-पकड़

"गुड मॉर्निंग, सिद्धार्थ जी! कैसे हैं? हाँ...??"

कर्केता जी ने आखिरी "हाँ" कहते हुए गर्दन हिलाई और मज़े लेते हुए मुस्कुराए।

"अच्छा हूँ, सर," सिद्धार्थ ने अदब से सिर झुकाकर कहा, क्योंकि उम्र और ओहदे, दोनों में कर्केता जी उससे बड़े थे।

"तो कैसा चल रहा है आपका मिशन 'सुसाइड नहीं, कहानी सुनाओ' प्रोग्राम? हाँ...??" कर्केता जी ने फिर से गर्दन हिलाते हुए, नाक पर टिके चश्मे के ऊपर से झाँककर पूछा।

"ठीक चल रहा है, सर।"

"तो फिर कहानियाँ सुनकर अगर मन भर गया हो, तो ज़रा कुछ असली काम भी कर लिया जाए?"

"जी जनाब!"

"तो मामला यह है," कर्केता जी ने कहना शुरू किया, "लड़की का आरोप है कि उसका पति उसके साथ ज़बरदस्ती अश्लील हरकतें करता है... ठीक है...

मार-पीट करता है... अननैचुरल सेक्स... उँम्म... ठीक है... और दहेज की माँग भी करता है... ठीक है..."

उन्होंने आगे कहा, "लड़का सिंगापुर भाग गया है, ऐसी ख़बर है। लड़की, लड़के के साथ नोएडा में रहती थी। यहाँ पर लड़के का परिवार रहता है... ठीक है... तो ज़रा जाओ, देखो... क्या कहानी है।"

कर्केता जी ने वह फाइल उठाई और सिद्धार्थ की ओर देखने से पहले सरसरी नज़र से उसके एप्लिकेशन की असली बात बता दी। सिद्धार्थ ने सलाम किया, फाइल ली और कमरे से बाहर निकल गया।

"तो चलें, मनोज?" बाहर निकलते ही उसने टेबल के पास बैठे हवलदार से कहा।

"जी, चलते हैं। विनय और सावन को भी साथ ले लें?" मनोज ने टेबल से अपनी टोपी उठाते हुए जवाब दिया।

"ठीक है, ले लो। और गाड़ी निकालने के लिए तिवारी को भी बोल दो," सिद्धार्थ ने कहा और हॉल में लगी कुर्सी पर बैठकर फाइल देखने लगा।

फाइल में लड़की की कुछ तस्वीरें थीं—गले पर पड़े निशान, पीठ पर हल्के नीले-काले दाग और पेट पर खिंचे फोटो। साथ ही, उसके पति के भेजे गए मैसेज और अर्धनग्न तस्वीरें भी शामिल थीं। ये वही तस्वीरें थीं, जो अगर प्रेम-संबंध में भेजी जातीं तो सिर्फ निजी मामले का हिस्सा लगतीं, लेकिन यहाँ मामला बिल्कुल अलग था।

थोड़ी देर बाद तिवारी गाड़ी लेकर थाने के गेट पर आ गया। मनोज ने तब सिद्धार्थ को अदब से बुलाया।

"सर... चलिए, गाड़ी आ गई है न?"

सिद्धार्थ उठकर बाहर गया और जीप की आगे वाली सीट पर बैठ गया। एक सिपाही पीछे की सीट पर आकर बैठा।

गाड़ी का इंजन स्टार्ट होते ही जीप हर तरफ़ से घरघराने लगी। इंजन चालू होते ही पूरी बॉडी पहले बाएँ झुकी, फिर दाएँ। तब तिवारी ने धीरे-से क्लच छोड़ा, एक पैर ब्रेक से हटाया और एक्सीलेरेटर पर डाला। धुआँ छोड़ती हुई जीप अचानक एक झटके से आगे बढ़ी और फिर धीरे-धीरे लय पकड़कर चलने लगी।

वहाँ बैठे किसी को भी इस केस के बारे में ज़्यादा जानकारी नहीं थी। सिद्धार्थ भी चुपचाप अपने ख़यालों में डूबा हुआ था, इसलिए बातचीत का सिलसिला विनय ने शुरू किया।

"गाड़ी से बहुत धुआँ निकल रहा है, साहब।"

सिद्धार्थ ने नीचे नज़र डालकर "हम्म..." कहा और फिर सामने देखने लगा।

कुछ देर चुप रहने के बाद विनय से रहा नहीं गया। उसने सीधे पूछ ही लिया, "वैसे केस क्या है, जनाब? किसी को उठाना है क्या?"

सिद्धार्थ ने एक लंबी साँस ली और बोला, "दहेज का मामला है। लड़का फ़रार है, सुना है सिंगापुर में है। यहाँ उसके माता-पिता का घर है... वहीं जा रहे हैं।"

"अरे, दहेज वाले मामलों में ज्यादातर किया-धरा माँ-बाप का ही होता है। वही लड़के को उकसाते रहते हैं— 'वो काम नहीं करती, ये ठीक से नहीं करती, उसके बाप ने इतना दिया, इतना नहीं दिया'..." मनोज ने गंभीर लहजे में कहा।

यह सुनकर सावन को लगा कि उसे भी इस मुद्दे पर अपनी राय रखनी चाहिए। ऐसे मौक़ों पर बोलने से ही अफ़सर के सामने अच्छी छवि बनती है।

"और उसका बाप तो हर बात पर ताना मारता होगा— 'साला नामर्द हो गया है, बीवी के पल्लू से बंध गया है...' फिर लड़का ताव में आकर उल्टे-सीधे काम करता होगा। है ना, सर?"

जोश में सावन ने क्रॉस-क्वेश्चन तक कर दिया, जिसके लिए वह बिल्कुल तैयार नहीं था। हड़बड़ाहट में वह अचानक बोलने लगा—

"हाँ, हाँ... वही अश्लील हरकत करता था और मार-पीट भी करता था..."

"सोचिए जनाब, औरत क्या किसी खिलौने की तरह है? कि जब मन हुआ तो झुनझुना बजा दिया, या चुटकी बजाई और औरत पा ली? ब्याह करके घर आई है, इसका मतलब यह थोड़े ही है कि उसके साथ कुछ भी किया जाए। इंसान से हैवान बन गए हैं लोग..." मनोज पीछे के रोड को देखते हुए अफसोस से बोला।

"भाई, लड़का तो हमेशा अपने मूड में रहता है ना। अब तुम ही बताओ, तुम्हें मिला तो छोड़ दोगे?" सावन भावनाओं में बहकर फिर से गलत सवाल पूछ बैठा। अब मनोज थोड़ा शर्मा गया।

दरअसल, मनोज और विनय दोनों अधेड़ उम्र के लोग थे, जो सिपाही की नौकरी करते हुए प्रमोशन में हवलदार बने थे। सावन इसके उलट एकदम नया लड़का था, जो इसी साल सिपाही के रूप में भर्ती हुआ था। उसकी आंखों में जोश और उत्साह था; वह सबको इंप्रेस करना चाहता था।

"अरे, हमारा मतलब तो ऐसा नहीं था, मनोज भैया... वो सिंगापुर भागा है, नौकरी के नाम पर। समझ रहे हैं ना? वहाँ वह क्या कर रहा होगा? कौन-सी नौकरी कर रहा होगा?" सावन ने अपनी गलती सुधारते हुए सिंगापुर के असली नौकरी के मतलब को समझा दिया।

"हाँ, तुम तो जवान हो, जाने का मन होगा ही, और जाओ भी। हम लोग तो सिर्फ़ यूट्यूब पर देखे हैं—सिंगापुर, बैंकॉक, बढ़िया जगह है। तुम भी नौकरी के बहाने घूमो। सिद्धार्थ सर, आप कभी सिंगापुर गए हैं?"

इस बार सवाल मनोज ने पूछा था, मगर तहज़ीब का ध्यान रखते हुए।

"नहीं, मनोज जी। उसके घर का रास्ता पूछिए," सिद्धार्थ ने कहा। उन्होंने गूगल मैप पर जो लोकेशन डाली थी, वह अब सिर्फ 100 मीटर दूर थी। मनोज जी जीप से उतरकर सारा ब्योरा लेने लगे।

पुलिस जब लड़के के घर पहुँची, तो देखा कि ताला बंद था। आस-पड़ोस में पूछताछ करने पर पता चला कि वे लोग 2-3 दिन से कहीं गए हुए थे। सावन ने लड़के के पिता का एक फोन नंबर भी ले रखा था, लेकिन कॉल करने पर फोन बंद आ रहा था।

थोड़ी देर तक सब वहीं खड़े रहे। अब करने को ज़्यादा कुछ नहीं था। एक पता था, जहाँ ताला लगा था। एक फोन बंद था, और आगे की जानकारी फिलहाल रुक गई थी।

पुलिस ने ज़रूरी नोट्स लिए और वहाँ से लौट आई। अब बस इंतज़ार था—परिवार के लौटने का, और उस बातचीत का, जो देर से ही सही, होनी अब ज़रूरी थी।

PART II
इनकार (Denial)

कहानियो का जंजाल

"यदि मैं अँधेरे की कहानी सुनाने लगूँ, तो इसका मतलब ये ना समझना कि मुझे रोशनी से नफरत है।

"मैं एक ऐसी कहानी कहने जा रहा हूँ, जिसे शायद कुछ लोग समझने से कतराएँ, या फिर हँसी में उड़ा दें। हो सकता है कि इसे कहने से पहले ही मुझे चुप करा दिया जाए। यह मेरी पहली और आखिरी कहानी हो सकती है; शायद लोग इसे सुनें भी ना, लेकिन मैं फिर भी कहूँगा—उस अँधेरे की कहानी... हाँ, उसी अँधेरे की कहानी।"

अपने स्टाफ रूम में घुसते ही उसे एक आवाज़ सुनाई दी। सामने उसने देखा कि एक नौजवान लड़का अपने मोबाइल का कैमरा ऑन किए हुए, उसके सामने बोले जा रहा था। उसके घने, लंबे बाल आँखों तक लटक रहे थे, शरीर सुडौल था, और उसने नीली सुपरमैन टी-शर्ट के ऊपर लाल-काले चेक वाली शर्ट पहनी हुई थी। वह किसी डायलॉग के अंदाज़ में अपनी बात बोले जा रहा था।

"अब तुम कौन हो? यहाँ क्या कर रहे हो? और मेरे कमरे में कैसे? यह रिकॉर्डिंग क्या है?" सिद्धार्थ ने थोड़ी कठोर और गुस्सैल आवाज़ में कहा, और फोन टेबल से उठाया।

"अरे, सर! यह क्या कर रहे हैं? प्लीज मेरा फोन मुझे वापस दीजिए!" लड़का बुरी तरह गिड़गिड़ा रहा था। उस 25-26 साल के लड़के की आँखों में फोन जाने का ग़म साफ दिख रहा था। वह स्ट्रॉन्ग बनने की पूरी कोशिश कर रहा था, पर उसके आँसू साथ नहीं दे रहे थे। आँखें डबडबा-सी गईं थीं।

सिद्धार्थ गुस्से में आग बबूला हो चुका था। उसने कहा, "मज़ाक लगा रखा है? यह पुलिस स्टाफ रूम है या तुम्हारे दादा का दालान, जहाँ मन हुआ, यूट्यूब वीडियो बनाने लग गए?"

वैसे भी वह दहेज केस को लेकर पहले से ही परेशान था, और उस पर यह नौजवान लड़का।

"सर, प्लीज़ सर... वो मैं... एक छोटा-मोटा यूट्यूब चैनल चलाता हूँ, सर... सब कुछ ट्राय करने के बाद मैंने सोचा कि न्यूज़ रिपोर्टिंग करके देखूं... इसीलिए..."

"तो इसके लिए तुम कहीं भी फोन लेकर घुस जाओगे और रिकॉर्ड करने लगोगे? जानते भी हो कि यह क्राइम है?" सिद्धार्थ का गुस्सा कम होने का नाम ही नहीं ले रहा था। वहीं सामने लड़का बार-बार "प्लीज़ सर, प्लीज़ सर" कह रहा था—कभी हाथ जोड़कर, कभी पैर पकड़कर, तो कभी कुछ और करके। सिद्धार्थ ने फोन अपनी जेब में रख लिया और दिन भर का सारा गुस्सा उस पर निकालते हुए कहता गया।

"तुमने यहाँ घुसकर, बिना किसी परमिशन के, फोन से रिकॉर्डिंग करके कितना बड़ा क्राइम कर दिया है। हो सकता है कि तुम सच में क्रिमिनल हो और किसी सेंसिटिव इंफॉर्मेशन के लिए मेरे कमरे में घुसकर यह यूट्यूब वाली नौटंकी शुरू कर दी हो!"

सिद्धार्थ का दिमाग संभावनाओं पर जा रहा था, लेकिन लड़के की उम्र देखकर उस पर कोई सख्त कदम उठाने से पहले सब कुछ समझ लेना चाहता था।

"नहीं सर, मैं एक साधारण लड़का हूँ। अभी-अभी बीटेक खत्म किया है और यूट्यूब चैनल शुरू किया है। मुझे बस व्यूज़ चाहिए थे, इसीलिए..."

उसकी बात बीच में ही काटते हुए सिद्धार्थ चिल्लाया, "तो व्यूज़ के लिए तुम कुछ भी करोगे? कहीं भी घुस जाओगे? किसी के घर में? किसी की निजी तस्वीरें

निकाल लोगे या अगर किसी की जान पर खतरा हो तो उसे कैमरे में रिकॉर्ड करके डाल दोगे?"

तभी पीछे से एक आवाज़ आई, जिसने सिद्धार्थ को बीच में ही रोक दिया—

"भैया, इसे मैंने बुलाया है!"

सिद्धार्थ पीछे मुड़ा और देखा कि वही प्यारा सा 12–13 साल का बच्चा, बसंती, वहीं खड़ा था। उसे याद आया कि बसंती को बस पाँच मिनट बैठने के लिए कहा गया था और वह तब से वहीं इंतज़ार कर रहा था।

"तुम... तुम अब तक यहीं हो? और यह कौन है?" सिद्धार्थ ने हैरानी और थोड़ी आत्मग्लानि के साथ पूछा।

"जी, आपने बोला था कि पाँच मिनट रुकूँ, मैं यहीं बैठा था। जब यह भैया मुझे बाहर तफरीह करते हुए दिखे, तो उन्होंने मुझसे पूछा कि मैं यहाँ कैसे आया। मैंने उन्हें पूरी कहानी बता दी। उन्हें कहानी अच्छी लगी, इसलिए उन्होंने इसे यूट्यूब पर डालने का सोचा। मैं बस तैयारी के लिए दो मिनट के लिए बाथरूम गया था, और उसी बीच कैमूर में होने वाली सारी घटनाओं का ज़िम्मेदार इन्हें बना दिया गया।"

बसंती ने अपनी चिर-परिचित अंदाज़ में एक ही साँस में सारी बातें बोल दीं।

"तुमने इसे भी अपनी कहानी सुना दी?" सिद्धार्थ ने उस लड़के को फोन वापस करते हुए कहा।

"और ये तो छोटा बच्चा है... तुम्हें समझ नहीं है कि किसी के कमरे में ऐसे नहीं घुसा जाता? खैर, छोड़ो ये सब। अब जाओ, मुझे बहुत काम है।"

सिद्धार्थ ने जैसे ही दरवाज़ा खोलकर उन्हें बाहर जाने का इशारा किया, उसने देखा कि बाहर तिवारी और मनोज खड़े थे।

"सर, कोई प्रॉब्लम?" मनोज ने डरते हुए पूछा।

“अरे, नहीं-नहीं...” सिद्धार्थ मुस्कुराया और वे दोनों “जय हिंद” कहते हुए आगे बढ़ गए।

आगे जाकर तिवारी, मनोज से कुछ फुसफुसा के बोलने लगा। पर उन्हें यह अंदाज़ा नहीं था कि खिड़की के पास खड़ा सिद्धार्थ उनकी आवाज़ साफ़-साफ़ सुन पा रहा था।

“अरे, एकदम पागल आदमी है... सारा दिन केस के बाल का खाल निकालने में लगा रहता है। देख लेना, हम दोनों को भी मरवा के ही छोड़ेगा ये। खुद को सिंघम समझता है!”

उनकी बातें सुनकर सिद्धार्थ बाहर जाते लड़कों की ओर देखते हुए बोला, “लो, अब तुम्हारी वजह से मुझे विभाग में सब पागल भी समझने लगे हैं। बताऊँ ये बात कि तुम लोग बिना परमिशन मेरे कमरे में फोन लेकर रिकॉर्डिंग कर रहे थे, तो तुम्हें तुरंत उठा के अंदर कर देंगे और तुम्हारा पूरा करियर बर्बाद हो जाएगा।”

बसंती ने धीरे से कहा, “भैया...?”

सिद्धार्थ ने झुँझलाकर पूछा, “क्या?”

“कहानी पूरी सुना के जाऊं?” बड़ी ही मासूमियत के साथ बसंती ने पूछा।

सिद्धार्थ ने झल्लाते हुए कुर्सी ठोकी, “हाँ, आ जा... आ जा! चल, आ बैठ। तू आज अपनी पूरी कहानी सुना के ही जा... चल, आ इधर!”

उसकी यह बात सुनकर बसंती खुशी-खुशी उसकी ओर बढ़ गया। मगर बड़ा लड़का समझ चुका था कि सिद्धार्थ अभी गुस्से में है और शायद उसे एक-दो थप्पड़ भी पड़ सकते हैं। इसलिए वह धीरे-धीरे कमरे से बाहर निकलने लगा।

लेकिन तभी सिद्धार्थ की नज़र उस पर पड़ी और उसने बोला, “तू किधर जा रहा है? चल, आ इधर। साथ में सुन कहानी। बहुत शौक है न तुझे न्यूज़ बनाने का? बना आज न्यूज़!”

डरे-सहमे लड़के ने अपना बैग आगे की ओर पकड़ लिया और धीरे से आकर फोल्डिंग पर बैठ गया। एक ओर गुस्से से तपता हुआ सिद्धार्थ, दूसरी ओर सहमा-सहमा नौजवान और उनके बीच बसंती... जो इन सबसे बेफिक्र अपनी मासूम कहानी शुरू करने ही वाला था।

***

MIDDLE BENCHERS

बसंती के शब्दों में

"मुझे भी नहीं पता था कि एग्ज़ाम में क्या हुआ। भैया रिज़ल्ट देखने गए थे। उन्होंने फोन किया और बताया कि मेरा सिलेक्शन हो गया है। घर वालों की खुशी का तो ठिकाना ही नहीं रहा। सिलेक्शन का मतलब था कि मैं अपने छोटे से गाँव से निकलकर अब बनारस के सबसे बड़े स्कूल में पढ़ने वाला था—वो भी लगभग फ्री में, पूरे साल और अगले 12वीं तक। जिसे बिहार में इंटर कॉलेज कहा जाता है, वहाँ तक की टेंशन खत्म।

मैं पहुँचा—एक बड़ा-सा गेट था, जिस पर लिखा था "हिंदू स्कूल"। उसके बाद मुख्य स्कूल का गेट आया। बाप रे! इतना बड़ा कि मेरा पूरा गाँव उसमें आराम से रह सकता था।

गेट के एक तरफ बहुत बड़ा-सा मैदान था। मैदान के दूसरे कोने पर खड़ा बच्चा इतना छोटा दिख रहा था, जैसे कोई चिड़िया हो। गेट के दूसरी ओर एक दो-मंज़िला पुरानी इमारत थी, जो किसी पुराने महल का हिस्सा लग रही थी—वहीं अलग-अलग क्लासें चल रही थीं।

स्कूल में पढ़ाई का समय था, फिर भी बच्चे मैदान में खेल रहे थे। कई बड़े लड़के, जिनकी मूँछें-दाढ़ियाँ थीं, बैग लेकर इधर-उधर जा रहे थे। टीचर्स क्लास

में पढ़ा रहे थे, लेकिन किसी को बाहर खेल रहे बच्चों से कोई प्रॉब्लम नहीं थी। कोई उन्हें डाँटकर भगा नहीं रहा था। ऐसा लग रहा था जैसे एक ही स्कूल में दो अलग-अलग दुनिया चल रही हों—और मैं उस बीच वाले रास्ते में खड़ा था, जहाँ से ये दोनों दुनिया अलग हो रही थीं।

तभी मेरे पैर के पास एक हरे रंग की कॉसको बॉल आकर गिरी। और उसके साथ ही आवाज़ आई—"छोटू, बॉल फेंक!"

मैंने बॉल उठाई, फेंकने को हुआ, तो देखा—अरे, गज़ब ही था यार!

जब बसंती लंबी साँस लेकर थोड़ी देर के लिए रुका, तो सिद्धार्थ समझ गया कि अब वो किसी छोटी-सी बात को बड़ा बनाकर पेश करने वाला है। लेकिन सामने बैठा वो नौजवान लड़का पूरी दिलचस्पी से उसे सुन रहा था, जैसे सच में कुछ बड़ा खुलासा होने वाला हो।

और फिर मैंने देखा—मैदान के आगे बड़े-बड़े पेड़ खड़े थे। सारे के सारे पेड़ लंबे थे, उनके पत्ते भी लंबे और लगभग एक ही हाइट के। नीचे से घने, ऊपर जाकर पतले—मानो सब पेड़ त्रिभुज के आकार में बड़े हुए हों।

उन्हें देखकर मेरे हाथ से बॉल छूट गई। मैं उन पेड़ों को गौर से देखने लगा। उनके पत्ते ऐसे लगे जैसे किसी कुशल नाई ने बराबर काट-छाँटकर सजाए हों। और अजीब बात ये थी कि वो सब पेड़ मैदान के किनारे एकदम सीधी लाइन में उगे थे।

मैंने झाँककर देखा—किसी पर फल नहीं था। तो मैंने सोचा, पक्का ये पेड़ खुद-ब-खुद उग आए होंगे, वरना बिना फल वाला पेड़ कोई क्यों लगाएगा?

या फिर हो सकता है, भैया, वहाँ के टीचर्स इतने अच्छे हों कि वो पेड़ भी अनुशासन में लगे और बड़े हों। और पता है, भैया..."

अब सिद्धार्थ पेड़ों की इतनी लंबी-चौड़ी तारीफ नहीं सुन सका। उसने बसंती की बात बीच में ही काट के बोला,

“उसे अशोक का पेड़ कहते हैं। उसके पत्ते उस शेप में उगते नहीं हैं, उन्हें काट छाँट कर सुंदर बनाने के लिए ऐसा किया जाता है। और वे खुद-ब-खुद लाइन में नहीं उगते, उन्हें लाइन में लगाना पड़ता है।”

“पर भैया, बिना फल का पेड़ कोई क्यों लगाएगा?”

इस सवाल पर सिद्धार्थ अचानक चिढ़ गया और बोला, “उसे ख़ूबसूरती के लिए लगाया जाता है। अब तुम कहानी कंटिन्यू करो, प्लीज़!”

“ओके। तो उस स्कूल में दो बिल्डिंग्स थीं। सबसे पहले बड़े मैदान के दोनों ओर बनी दो मंज़िला बिल्डिंग्स, जिन्हें बड़ी बिल्डिंग कहा जाता था। उनके बाद कैंटीन आता था और फिर उससे आगे छोटी बिल्डिंग।

वहाँ एक अलग-सा छोटा गोल चक्कर था, जिसके बीच में लोहे का एक स्तंभ खड़ा था। ऊपर शायद शेर जैसा कुछ बना हुआ था। उसके चारों ओर क्लासरूम थे, और सब उसे “छोटी बिल्डिंग” कहते थे। लेकिन सच कहूँ भैया—वो छोटी बिल्डिंग भी इतनी बड़ी थी कि उसमें आराम से दो-तीन मोहल्ले समा जाएँ!

स्कूल में हमें टाई और बेल्ट मिला। हर बच्चे को चार अलग-अलग रंगों के टाई और बेल्ट मिले।”

इस पर सिद्धार्थ ने तुरंत कहा,

“ब्लू: रामन हाउस,

केसरिया: शिवाजी हाउस,

ग्रीन: टैगोर हाउस,

और रेड: अशोक हाउस।”

बसंती की आँखें चमक उठीं।

चारों हाउस के नाम लेते हुए सिद्धार्थ के चेहरे पर भी हल्की मुस्कान आ गई थी। उसी पल उसे अपने स्कूल की धुंधली-सी याद आयी लेकिन उसने अपना पुलिस वाला रवैया अपनाते हुए कहा— "हाँ भाई, मैं भी उसी स्कूल से था। कितनी बार बताऊँ? अब आगे बोलो।"

सिद्धार्थ को बसंती के ये बारीक डिटेल्स सुनने में सचमुच मज़ा आ रहा था। ऐसा लग रहा था मानो वह उसी कमरे में बैठकर अपने स्कूल का टूर कर रहा हो, और वो भी उस वक़्त का, जब वह पहली बार उस स्कूल में गया था। दरअसल, उस बच्चे की बातें सुनते-सुनते वह अपने ही बचपन को फिर से जी रहा था।

"हाँ, भैया। और हर दिन प्रेयर के समय बोर्ड पर 'Thought of the Day' लिखा जाता था। प्रेयर के दौरान हर हाउस के एक बच्चे को एक छोटी स्पीच देनी होती थी। इसके अलावा, स्पोर्ट्स की अलग से क्लासेस होती थीं, जहाँ टीचर्स खुद बैट-बॉल, वॉलीबॉल और फुटबॉल खेलना सिखाते थे। जो छात्र अच्छे खिलाड़ी होते थे, उन्हें इंटर-स्कूल टूर्नामेंट में भी भेजा जाता था।

पूरे साल में जिस हाउस के छात्रों के सबसे ज्यादा मार्क्स होते, उसके कलर का झंडा लाइब्रेरी के ऊपर पूरे साल लहराता रहता। बहुत मज़ा आता था, भैया, क्योंकि बाकी हाउस वाले इस बात से खूब चिढ़ते थे। मेरा हाउस शिवाजी था— और शिवाजी पिछले दो-तीन सालों से लगातार ये कंपटीशन जीत रहा था।"

"वैसे तुम्हारा क्लासरूम कौन सा था?" सिद्धार्थ ने अब बिल्कुल एक सीनियर की तरह पूछा।

"भैया, छोटी बिल्डिंग के सीढ़ियाँ चढ़ते ही बाएँ मुड़ते थे। बीच में केमिस्ट्री लैब आती थी, और लास्ट में जो क्लास थी, वही मेरा क्लासरूम था।"

"अच्छा, वो तो 6A का नया क्लासरूम था, है ना? और शायद..." सिद्धार्थ ने बीच में पूछा।

"हाँ, भैया।" यह कहते ही उसकी नॉन-स्टॉप कमेंट्री शुरू हो गई।

"और वहाँ मैंने पहली बार देखा कि टीचर्स के लिए सीमेंट का टेबल और सीमेंट की ही सीटें होती थीं, और उनके बीच काफी जगह रहती थी।"

तभी सिद्धार्थ बीच में बोल पड़ा, "मज़ा तो तब आता था जब कोई मोटा टीचर, जैसे सोनी मैम या त्रिपाठी सर आते थे। उनके पैर ही उस सीमेंट की चेयर-टेबल के बीच नहीं घुस पाते थे। इसलिए वे या तो गेट साइड मुँह करके बैठते या दूसरी साइड।"

फिर बसंती बोला, "और ठंड के दिनों में, भैया, हर कोई अपना-अपना कुशन लेकर आता था, ताकि उस ठंडी सीमेंट की चेयर से बचा जा सके।"

उन दोनों के बीच बैठा नौजवान युवक बस एक-दूसरे का चेहरा देख रहा था, और उसे अभी तक समझ नहीं आ रहा था कि कहानी किस तरफ जा रही है। "कभी आपने हैंडी क्रिकेट खेला है?"

"अरे हाँ! क्या बात कर रहे हो। जब भी फ्री टाइम मिलता, किसी भी खाली क्लासरूम में घुसकर बॉल अंडर आर्म फेंकते और हाथ से मारते थे। ध्यान रखना पड़ता था कि बल्लेबाज बॉल को होल्ड करके न फेंके। हथेली को टाइट करके थपाक मारो और सीधे सिक्स लगाओ। वन-टिप, वन-हैंड आउट भी होता था। सही बोला न?"

"हाँ, भैया। पता है, मेरे क्लास में सब लोग अलग-अलग ग्रुप बनाकर आए थे। एक बिहार ग्रुप—रत्नेश, प्रतीक वगैरह का, एक यूपी ग्रुप, एक सिवान ग्रुप और एक चंदौली ग्रुप। लोग अलग-अलग जगह से तैयारी करके आए थे। मेरे पास दो दोस्त थे, या यूँ कहो, वो दो लोग जो मेरी तरह अंदर से डरते थे। मैं खुद डरता था क्योंकि मुझे इंग्लिश पढ़नी तक नहीं आती थी। चार शब्द से ज्यादा की इंग्लिश हो जाए तो मैं फंस जाता था। पहला और आखिरी शब्द क्लियर बोलता

था, और बीच में 'इसफिस' जैसे सर्कमस्टेंसेस को 'सर्कममिसफिसेस' कह देता। भले ही पिताजी गाँव में ढोल-नगाड़े बजा रहे हों, पर मुझे पता था कि मैं भगवान भरोसे ही वहाँ बैठा था। ज़्यादातर सवालों के तीन उत्तर इतने गलत थे कि एक ही ऑप्शन सही लग रहा था, और उसी ऑप्शन को चुनकर मैंने हिंदू स्कूल में एडमिशन हासिल किया।"

इस बार साँस भरकर फिर से बोला, "अच्छा, भैया, आपको एक बात बताऊँ?" और सिद्धार्थ के 'क्या' पूछने से पहले ही बसंती ने बिना रुके बोलना शुरू कर दिया। "उस स्कूल का नाम भले ही हिंदू स्कूल था, पर वहाँ बहुत सारे मुस्लिम और क्रिश्चियन लड़के भी पढ़ते थे। हिंदू स्कूल की एक अलग गर्ल्स ब्रांच भी थी, लेकिन वहाँ हम लड़कों का जाना मना था।"

"हाँ भई, आगे बताओ," सिद्धार्थ ने कहा।

"तो भैया, शुरुआत में मेरे पास बात करने के लिए कुल दो ही लड़के थे। पहला था रोहित। उसे सब 'मोछू-मोछू' कहकर चिढ़ाते थे, क्योंकि उसके होंठ का आधा हिस्सा सफेद रंग का था और वहाँ उगे बाल भी सफेद ही दिखते थे। कहते हैं न, दूध और मछली साथ खाने से बीमारी हो जाती है, वही वाली। शायद बेचारे ने कभी मछली का छोटा-सा टुकड़ा खा लिया होगा। कई बार मन करता था उससे पूछूँ, पर कभी हिम्मत नहीं हुई। कहीं उसे बुरा न लग जाए।"

"थैंक गॉड, नहीं पूछा," नौजवान लड़के ने धीरे से फुसफुसाया।

और दूसरा था रोहन। एकदम दुबला-पतला, सिवान का ही रहने वाला। हमेशा बैग में दवाइयों से भरा मोटा-सा झोला लेकर आता और किसी से ज्यादा बात नहीं करता। एकदम पढ़ाकू था।

क्लास में कुछ और नमूने भी थे। एक था महेश—जो हर समय बेंच पर सोता ही रहता था। चाहे कोई भी पीरियड हो, उसकी आँखें आधी बंद रहतीं और

हर टीचर उसे डाँट लगाती रहती। बेचारा कुछ करता भी तो ऐसा थका-हारा लगता मानो दिन-रात बस नींद ही पूरी करने आया हो।

और दूसरा था उत्कर्ष, जो मोटी-मोटी किताबें लेकर चलता था। कॉपी को उँगलियों पे नचाता था, असेंबली में बड़े मस्त तरीके से स्पीच देता और हर त्योहार-फंक्शन पर टीचर्स को ग्रीटिंग कार्ड्स भी थमा देता।

फिर थे दो बिल्कुल अलग टाइप के बच्चे—फर्स्ट-बेंचर्स और लास्ट-बेंचर्स।

फर्स्ट बेंच पर अक्सर 'A' लेटर वाले लड़के बैठते—अभिजीत, अभिनव, अभिज्ञान, आशीष जैसे। उनकी शर्ट्स हमेशा साफ-सुथरी होतीं, टाई और बेल्ट सब सलीके से, बाल अच्छे से कंघी किए हुए। जितनी किताबें चाहिए, उतनी ही लेकर आते और डायरी भी बड़ी सलीके से मेंटेन करते। और फिर लास्ट बेंच के बच्चे थे... पता नहीं कितने सालों से पीछे के बेंचों पर बैठे रहते थे और उम्र में भी बड़े होते थे। मेरे लिए तो बीच वाली बेंच सबसे बढ़िया थी, जहाँ हम तीन लोग बैठते थे। हमें कभी नहीं चाहिए था कि कोई हमें नोटिस करे। बस छुप-छुप के धीरे-धीरे क्लास और दिन निकालते रहते थे उस स्कूल में।

क्योंकि कुछ टीचर्स तो बस आगे की बेंच वालों को पढ़ाकर निकल जाते थे, और कुछ को पढ़ाने से ज़्यादा बच्चों का सुधार अभियान चलाने का शौक होता था—तो वो पीछे वालों को ही निशाना बनाते थे। हम अक्सर किसी तरह बच ही जाते थे।"

"ग्रेट! इस बैकबेंचर्स और फ्रंटबेंचर्स की लड़ाई में सर अक्सर मिडिल बेंचर्स को ध्यान नहीं देते हैं। लेकिन असली खतरनाक तो वही होते हैं— क्योंकि उनमें समझदारी भी होती है और शरारत भी। शाबाश! मैं भी मिडिल बेंचर था।" वो नवजवान लड़का जोश में बोल पड़ा, लेकिन फिर सिद्धार्थ सर की तरफ देखकर चुपचाप बैठ गया।

सिद्धार्थ ने बहुत ही प्यार और गंभीरता से पूछा, "बसंती, देखो, मुझे बहुत काम है। और तुम यहाँ सिर्फ कहानी सुनाने तो आए नहीं हो। मैं जानता हूँ यह तुम्हारे लिए टफ स्टोरी है और तुम मेरे साथ कम्फ़र्टेबल होना चाहते हो। लेकिन जितनी साफ़ और सीधे तरीके से अब तक अपनी बातें रखी हैं, वैसे ही साफ़-साफ़ अपनी असली प्रॉब्लम बताओ। आखिर तुम क्यों इस उम्र में ऐसे कदम के बारे में सोच रहे हो?"

सिद्धार्थ की यह बात सुनकर चहकते रहने वाले बसंती का चेहरा अचानक उदास हो गया। ऐसा लगा जैसे उसकी चोरी पकड़ी गई होऔर उसने आगे की कहानी शुरू की।

"एक साल बीत गया। सब थोड़े बड़े हो गए और अगली क्लास में भी पहुँच गए। अब धीरे-धीरे सबका असली चेहरा सामने आने लगा था। मगर मेरे अंदर का वह डरपोक 'चोर' अब भी मुझे किसी से गहरी दोस्ती करने की इजाज़त नहीं देता था। मुझे हमेशा लगता कि यदि मैं किसी के बहुत क़रीब हुआ तो यह होशियार बच्चे तुरंत समझ जाएंगे कि मैं तुक्के के सहारे यहाँ तक पहुँचा हूँ।

पीछे की बेंच पर बैठा वह लड़का धड़ाधड़ अंग्रेज़ी पढ़ लेता था, जबकि मैं—पूरा साल पढ़ने के बाद भी—सिर्फ़ रटकर ही काम चला पाता था। क्लास में जब मेरी बारी आती, तो मैं सबसे आगे वाली बेंच पर बैठकर आसान पैराग्राफ़ चुन लेता और किसी तरह पढ़कर निकल जाता। इसलिए मैं सबके बीच हमेशा छुपते-छुपते, हिचकिचाते हुए ही घुलता-मिलता था। कहीं कोई अंग्रेज़ी में बात कर देता, तो बस 'या-या-या' कहकर हँसते हुए टाल जाता और निकल पड़ता।

हैंडी मैच खेलने के लिए हम अक्सर प्रेयर से पहले ही क्लास में पहुँच जाते थे। उस दिन भी जब मैं क्लास में गया तो भीतर एक हलचल-सी थी। सभी बच्चे किसी चीज़ को देख रहे थे। मेरी नज़र जैसे ही महेश पर पड़ी, मैं चौंक गया—

पहली बार उसकी दोनों आँखें पूरी तरह खुली थीं। सब अजीब तरह से मुस्कुरा रहे थे। मुझे कुछ समझ में नहीं आ रहा था और उत्कर्ष सबसे पैसे मांग रहा था, "भाई, फ्री में नहीं दिखा सकता।"

मैंने भी उससे पूछ ही लिया, "क्या है?" उसने तुरंत पलटकर जवाब दिया, "एक रुपया दे, तभी दिखाऊँ।"

मैंने बिना कुछ सोचे-समझे जेब से एक रुपया निकाला और उसके हाथ में थमा दिया। उसने फटाक से मेरे हाथों में एक किताब रख दी। पहली नज़र पड़ते ही मैंने घिन से 'छी!' करके उसे दूर फेंक दिया।

उत्कर्ष ने हँसते हुए मेरे कंधे पर हाथ रखा और बोला, "देख रहे हो? यही है असली ज़िंदगी। ये देख सनी लियोनी बिना कपड़ों के। इसमें वो सब है, जिसे देखने के लिए लोग पागल रहते हैं। लड़के पढ़ाई करते हैं, नौकरी करते हैं, दौड़-भाग सब इसी के पीछे है।"

फिर उसने फुसफुसाकर कहा, "जानते हो, महेश हमेशा थका-थका क्यों दिखता है? क्यों हर वक़्त सोता रहता है?"

मैंने पूछा, "क्यों?"

तो उसने बोला, "क्योंकि सौ रेड ब्लड सेल्स मिलकर बनते हैं एक व्हाइट ब्लड सेल, और वह व्हाइट ब्लड सेल तेरे बाबाजी में जमा होता है।"

"क्या?" मैंने चौंकते हुए पूछा।

"अरे भाई, इसमें..." उसने मेरी पैंट की चेन को हाथ लगाते हुए कहा।

मैं तुरंत उसका हाथ झटकते हुए बोला, "इसे छोटू जी कहते हैं... तुम्हारी मम्मी ने नहीं सिखाया क्या? यह बैड टच है।"

वह हँसते हुए बोला, "अरे मेरे लल्ला, छोटू जी बड्डू जी भी होते हैं, और इसमें व्हाइट ब्लड सेल जमा होता है। इसे निकालने में मज़ा आता है, पर ज़्यादा निकालोगे तो वही महेश टाइप सोने लगोगे, और बहुत ज़्यादा तो सीधा मौत।"

मैं उससे अपने पैसे के लिए झगड़ने लगा, और वह ये बोल के निकल गया, “मज़ा ले लिए तो अब पैसे वापस क्यों माँग रहे हो?”

फिर बसंती ने लंबी साँस ली और बोला, “उस टाइम मुझे घिन सी आ रही थी, लेकिन थोड़ी देर बाद उसकी बातें सच होने लगीं। वो पिक्चर्स बार-बार मेरे दिमाग में नाचने लगीं—सनी लियोनी... उफ़!”

उसकी बातों का असर सचमुच मेरे अंदर होने लगा। मेरे शरीर में अजीब-सी हलचल होने लगीं। अब मेरे देखने का नज़रिया बदल गया था।

वो बैग, जो अक्सर मेरे पीठ पे होता था, उसे आगे करके एकदम ढीला कर लिया ताकि वो कमर के नीचे तक आ सके। अब चाहे वो सोनी मैम हों या बुढ़ी अंजना मैम, मैं सबको ‘गुड मॉर्निंग’ कहते हुए उनके गर्दन के नीचे तक की बनावट देखने लगा। मुझे समझ आने लगा था कि मर्द और औरत दोनों की बनावट अलग होती है। मन में अजीब-से ख्याल उठते थे। बेचैनी बढ़ती जा रही थी। उस दिन पढ़ाई करने का मन ही नहीं था। बुखार-सा महसूस हुआ, तो हाफ-डे लेकर घर आ गया।

मुझे अपने ऊपर गुस्सा आने लगा था। घिन आने लगी थी खुद से। मैं बिस्तर पर लेट गया और नींद में भी वही सब आता रहा। अचानक किसी ठंडे हाथ के मेरा माथा छूने से मेरी आँख खुल गई। सामने मेरी बड़ी दीदी खड़ी थीं। लेकिन पहली बार मेरे मन आया— ‘दीदी भी एक लड़की है... और... और वो हमसे अलग है।’

बसंती कुछ और कह पाता, इससे पहले ही सिद्धार्थ ने एक ज़ोरदार थप्पड़ उसके गाल पर जड़ दिया। “साला... ठरकी!”

बसंती ने सिर झुका लिया, “हाँ भैया, अच्छा किया। मैं इसी लायक हूँ। मैं कभी अकेले नहीं सोया, डर लगता था। बनारस में अपनी बहन के साथ ही रहता

हूँ। दीदी मुझे माँ से भी ज़्यादा प्यार करती हैं, बेटे की तरह गोद में सुलाती हैं। लेकिन अब मैं उनके साथ नहीं सो सकता। मैं अलग कमरे में सोने लगा हूँ। उनके सामने जाने में डर लगता है। मुझे घिन आती है खुद से। मैं कैसे खुद को माफ़ करूँ? गुरु, माँ, बहन—सब औरतें हैं। मैं कैसे ऐसा सोच सकता हूँ किसी के बारे में? मेरे जैसे लोग ही रेपिस्ट बनते हैं, भैया। मुझे मर जाना चाहिए...”

सिद्धार्थ कुछ कह पाता, उससे पहले ही वो लड़का उस कमरे से भाग गया।

Part III
क्रोध (Anger)

ठरक की दवाई

"और, सिड सर... बहुत परेशान लग रहे हैं?"—मनोज शुरुआत में मज़ाकिया मूड में बोला, लेकिन सिद्धार्थ के सीरियस चेहरे को देखकर उसकी आवाज़ का सुर बदल गया।

"कुछ नहीं यार, एक छोटा बच्चा आया था... अपनी प्रॉब्लम सुना रहा था— मैंने उसे थप्पड़ मारकर भगा दिया।"

"ऐसा तो आप नहीं करते, सर। ज़रूर उस लड़के की गलती रही होगी।" मनोज यह कह कर सामने वाली कुर्सी पर बैठ गया।

"नहीं यार, उसने बात ही ऐसी बोली कि मेरा हाथ चल गया।"

"ऐसा क्या बोल दिया उसने... आजकल के बच्चे!" उनकी सीरियस बात सुन वहाँ आसपास के सारे पुलिस वाले जमा हो गए।

"अरे, उसने कोई पॉर्न देखी और अपनी बहन को भी गंदी नजरों से देखने लगा," सिद्धार्थ ने आवाज़ दबाकर बताया, "उसी बात पर मेरा हाथ उठ गया..."

वहीं पीछे से सिपाही सुखदेव ने बीच में बोलते हुए कहा, "एकदम ठीक किया, सर। उसे एक चपत से क्या फर्क पड़ता? आजकल फोन आना शुरू हुआ तो हर लौंडा ठरकी हो गया।"

मनोज ने सुखदेव की बात पर हामी भरते हुए कहा, "ठीक कह रहे हैं, सुखदेव जी—माता-पिता को बच्चों पर ध्यान देना चाहिए। कुछ दिन पहले ड्यूटी के बाद घर लौटा तो मेरा बेटा सोफ़े पर लेटा किताब पढ़ रहा था। अभी अपना

यूनिफॉर्म निकाल ही रहा था कि मेरा ध्यान उसके पैंट पर गया। मैंने देखा कि वह लड़का जवान हो रहा है। मैंने न आव देखा न ताव, उठकर इतने तमाचे मारे कि पूछो मत। और साफ वार्निंग दिए कि बेटा, अगर अगली बार इतना घटिया सोच दिमाग में भी आया तो बेल्ट से मार-मार के खाल नोच लेंगे।"

"एकदम सही किया आपने! ठरक का यही इलाज है। अगर बचपन में ही इलाज कर दिया जाए तो पूरी ज़िंदगी बढ़िया रहती है। आप तो बीमारी को जड़ से मिटा रहे हैं, सर—सैल्यूट है आपको!" मनोज ने सुखदेव की तारीफ़ में कहा।

"अरे, हम तो ड्यूटी के आगे घर-परिवार किसी को नहीं समझते। अब तो इतना डरता है हमसे कि एक दिन वो बाथरूम में बाल साफ कर रहा था कि मेरा आवाज सुन लिया और हाथ ऐसा काँपा कि कट गया और लगा चिल्लाने। बाथरूम का दरवाजा तोड़ के अंदर घुसे। देखा खून। पर उसको अस्पताल ले जाने से पहले दो तमाचा मारे। वो बोला कि पापा बाल हटा रहे थे वहां का। फिर एक तमाचा मारे और लेकर गए अस्पताल।"

"हाहाहा... गजब डर है आपका जी। अब ये लड़का आगे चलकर जरूर सही रास्ते पर आएगा।"

मनोज की यह बात सुनकर सिद्धार्थ गुस्से में हाथ टेबल पर पटक के बोला, "पागल हो गए आप सब? ऐसे करेंगे ठरक का इलाज? और सुखदेव जी, ज़रा ढंग से पता कीजिए कि आपका बच्चा सच में बस बाल ही हटा रहा था, या जिस वजह से आपने उसे पीटा, उसको ही जड़ से हटा रहा था। थोड़ा पूछ-ताछ तो कर लीजिए।"

सिद्धार्थ का चिल्लाना सुनकर करकेता जी, जो अपनी कुर्सी पर बैठे-बैठे पूरी बातें सुन रहे थे, निकल कर बोले, "अरे, क्या हो गया सिद्धार्थ जी? आप थोड़े ज्यादा ही जज़्बाती तो नहीं हो रहे? अब लड़का ठरकी हो रहा है तो उसका सही

इलाज करना जरूरी है। वैसे भी, आजकल तो माँ-बाप के मारने पर भी केस आ जाते हैं। बोलिए तो, टीचर्स ने मारना छोड़ दिया, माँ-बाप भी छोड़ दें? जो चल रहा है, वही चलने दीजिए।"

इस पर सिद्धार्थ ने कहा, "सर, ये अजीब नहीं है? लड़कियों के बड़े होने पर उन्हें साफ़-साफ़ बताया जाता है कि वे बड़ी हो रही हैं। हिंदुस्तान में तो कई जगह इसे उत्सव की तरह मनाया जाता है—जैसे ऋतुकाल संस्कारम और मंजल नीरट्टू वीजा, जहाँ उन्हें साड़ी दी जाती है। लेकिन जब लड़के बड़े होते हैं, तो उन्हें गाली और मार मिलती है?'"

करकेता जी ने जवाब दिया, "अब लड़कियों से कम्पेयर मत कीजिए। उनमें ठरक नहीं होती, उन्हें दर्द होता है—मज़ा नहीं। हर महीने ब्लीडिंग होती है, तकलीफ़ होती है। तो सिद्धार्थ जी, लड़कों को सही करने में कम्पेयर तो ना करें।"

"मैं कम्पेयर नहीं कर रहा, सर। मैं सिर्फ यह पूछ रहा हूँ—क्या उन्हें ये समझाना और सिखाना हमारा फर्ज़ नहीं है कि यह नॉर्मल है?"

करकेता जी ने कहा, "तो कैसे समझाएँगे, सिद्धार्थ जी? क्या यह कहकर कि माँ-बहन सभी ऐसी ही हैं और इन्हीं के कारण हम पैदा हुए हैं? क्या ऐसा कहने से उनकी जिज्ञासा और नहीं बढ़ जाएगी? क्या इससे उन्हें यह सब बिल्कुल सही नहीं लगने लगेगा? क्या फिर छेड़खानी और रेप केस नहीं बढ़ेंगे?"

सिद्धार्थ ने गहरी साँस लेते हुए कहा, "पर सर, समझाना तो ज़रूरी है। आखिर यह कौन समझाए? हमने किसके भरोसे छोड़ दिया है कि वे अपने आप सब कुछ ठीक-ठीक समझ जाएँगे? क्या यहाँ बैठे किसी ने भी कभी यह जानने की कोशिश की कि हमारे बच्चों को यह सब बातें कहाँ से पता चल रही हैं? सर, जो

सच हम उनसे छुपाकर उनका भला करना चाह रहे हैं, वही सच बाहर की दुनिया में बहुत ही गंदी और कितनी डरावनी कहानियों के साथ उन्हें सुनाया जा रहा है, इसका आप अंदाज़ा भी नहीं लगा सकते।”

करकेता जी बोले, “इस पर कई फिल्में बन चुकी हैं और अब तो साइंस की किताबों में भी पढ़ाया जाने लगा है। इसलिए पहले जैसी बात नहीं रही, सिद्धार्थ जी।”

सिद्धार्थ ने तुरंत कहा, “सर, माफ़ कीजिएगा, पर क्या आप मास्टरबेशन पर बनी फिल्मों से प्यूबर्टी में होने वाली प्रॉब्लम्स को कम्पेयर कर रहे है? मैं उन बच्चों की बात कर रहा हूँ, जो उम्र में बहुत छोटे और ईमोशनली इतने कमज़ोर होते हैं कि वे हर चीज़ को केवल सही या ग़लत के खाँचे में ही देखते हैं। उनके लिए कोई बीच का रास्ता होता ही नहीं। बचपन से उन्हें यही सिखाया गया है कि यह सब ‘गंदा’ या ‘पाप’ है। अब जब उन्हें अचानक एहसास होता है कि उसी ‘पाप’ की जड़ उनके अपने शरीर के भीतर छिपी है... और उनके मन में वही ख्याल आने लगते हैं जो विलन के मन मे होने चाहिए—तो बताइए, वे कैसे खुद को सँभाल पाएँगे, सर?”

सिद्धार्थ पूरे आवेश मे बोले जा रहा था। तभी बीच में मनोज ने उसकी बात काटते हुए मुँह बनाकर कहा, “आजकल के बच्चों के चेहरों और उनके चरित्र में वो मासूमियत बची ही कहाँ है, सर? ये फोन, ये स्कूल का एजुकेशन, ये फिल्में... उन्हे पैदा होते ही जवान बना देते है।“

सिद्धार्थ मनोज की ओर मुड़ा ही था कि करकेता जी ने बीच में रोक लिया।

हालाँकि सिद्धार्थ के सवालों का कुछ जवाब उनके पास था, पर थाने का माहौल अब मानो किसी मेले जैसा हो चला था। तो बात को बदलते हुए उन्होंने

कहा, “सिद्धार्थ जी, इसे यहीं रहने दीजिए। इस पर कभी और गहन डिस्कशन करेंगे। अभी एक ज़रूरी काम सामने है। वो जो डाउरी केस था, उसमें अरेस्ट का ऑर्डर आ गया है। तो जाकर उन्हें अरेस्ट करके ले आइए। लड़के को ऑर्डर दे दिया गया है। सिंगापुर पुलिस उसको आपके हवाले कर देगी। तो आप सीधा बनारस एयरपोर्ट चले जाइए और बाकी की कार्रवाई करके उसको लेकर आइए।”

Part IV.
मोलभाव (Bargaining)

सही-गलत

अभी सिद्धार्थ स्टाफ रूम की कुर्सी पर बैठा ही था, उसने सिर दीवार से टिका लिया और आँखें बंद ही की थीं कि तभी एक जानी-पहचानी आवाज़ उसके कानों में पड़ी— "ये ठीक नहीं किया आपने, सर। उस बच्चे को समझाने की बजाय आपने उसे थप्पड़ मार दिया।"

उस नवयुवक की आवाज़ सुनकर सिद्धार्थ ने धीरे-धीरे आँखें खोलीं। सामने वही लड़का खड़ा था। सिद्धार्थ ने कुछ नहीं बोला, बस दोबारा आँखें बंद कर लीं।

अब सिद्धार्थ से नहीं रहा गया और वो बोल पड़ा, "तो क्या समझाता मैं उस लड़के को? जो अपनी बहन के छूने से... और आगे क्या सुनता मैं? कि अपनी माँ को किस नज़र से देखता है या अपने शिक्षकों को छूने का बहाना ढूँढता है? उसकी ऐसी बेहूदा बातें सुनता रहता मैं?"

सिद्धार्थ शायद खुद को समझा रहा था कि उसने थप्पड़ मारकर अच्छा ही किया।

"सर, हार्मोनल बदलाव तो सबमें होते हैं। लेकिन कौन बच्चों को ये सिखाए कि सही और ग़लत के बीच के फर्क को कैसे समझना है? उसे क्या पता, सर? वो तो अभी बच्चा है, जो खुद को पहले ही नाकाम और नाकाबिल मान चुका है। उसकी नज़र में तो वो दुनिया का सबसे बड़ा पाप कर चुका है। और आपने उसे समझाने के बजाय थप्पड़ मारकर भगा दिया, सिर्फ इसलिए कि आप मानने को तैयार ही नहीं हैं कि ये सबके साथ हो सकता है।"

वो लड़का गुस्से में भूल गया कि वो एक पुलिस अफ़सर से बात कर रहा है।

"तो... क्या तुम कहना चाहते हो कि उसकी उम्र के सारे लड़के अपनी माँ-बहन पर गंदी नज़र डालते हैं? क्या ये कहना चाहते हो कि हमने भी ऐसा ही किया है और अब हमें उसे शाबाशी देनी चाहिए?"

"सर, शाबाशी तो नहीं... पर आप उसे समझा तो सकते थे।"

"और तुम मुझसे क्या उम्मीद रखते हो? कि मैं उसे बैठाकर समझाऊँ? और समझाऊँ तो आखिर क्या समझाऊँ?"

"सर, तो क्या इन जैसे लड़कों को ऐसे ही छोड़ देना चाहिए कि वो वही सीखें जो उनके अजीब दोस्त या मोबाइल फोन उन्हें बता रहे हैं? आप समझ नहीं रहे—अगर ऐसा हुआ तो वो कल को किस तरह के इंसान बनेंगे?"

सिद्धार्थ अब चुप था। और वह लड़का लगातार बोले जा रहा था।

"सर, यह उम्र आसान नहीं होती। वह तो एक लड़का है—किससे अपनी बात कहेगा? उस बाप से, जिसकी नज़र में वह हमेशा हीरो बनना चाहता है? क्या वह यह कह पाएगा? माँ-बहन से तो यह बात वह नहीं कह सकता, क्योंकि वे औरतें हैं। या फिर भाई को बताएगा?

"सर, यही छुपाने की वजह से इन बच्चों को दुनिया परफेक्ट लगती है और वो खुद को इम्परफेक्ट मानने लगते हैं। उन्हें लगता है कि उनकी सोच ही गंदी है; फिर समाज भी उस पर थप्पड़ मारता है और थू-थू करता है। वे खुद से नज़र नहीं मिला पाते। ऐसे में जब वे आप जैसे दोस्तों के पास बात करने आते हैं, तो आप उन्हें डाँटकर या थप्पड़ मारकर भगा देते हैं—जैसे आप कोई संत-महात्मा हैं और आपको कभी ये फील ही नहीं हुआ।"

ये सुनकर सिद्धार्थ भड़क गया और बोला, "तुम्हें क्या लगता है? बचपन में मैं भी अपनी माँ-बहन पर गंदी नज़र रखता था?"

"सर, यही तो प्रॉब्लम है। हम इसको प्रॉब्लम मानने के लिए रेडी ही नहीं हैं। ये इतनी बुरी बात हो चुकी है कि सब बस चुप हैं और हमेशा से चुप ही रहते हैं। लड़कों के पास एक ही ऑप्शन बचता है, वो है दोस्त। अगर उसका दोस्त बिगड़ा हुआ निकला, तो वो उसे ऐसी गंदी बातें सिखाएगा कि आप सोच भी नहीं सकते। लेकिन अगर दोस्त आप जैसे निकले, तो उसे खुद की नज़रों में इतना गिरा देंगे कि वो ज़िंदगी भर अपने आप से नज़रें नहीं मिला पाएगा।"

सिद्धार्थ ने कुछ देर चुप रहते हुए सोचा। फिर उसने पूछा, "तो तुम क्या चाहते हो? कि मैं बताऊँ कि मास्टरबेशन कैसे होता है? या यह समझाऊँ कि... ?"

वह खुद स्टेशन में हुई बातों के बारे में सोचते हुए, उसी सवाल से बचने की कोशिश कर रहा था।

"सर, आप मास्टरबेशन की बात कर रहे हैं, लेकिन क्या यह लड़कों की प्रॉब्लम का एकमात्र समाधान है? प्यूबर्टी और शरीर में हो रहे बदलावों की जिज्ञासा तो हर बच्चे के मन में होती है। अगर हम उन्हें समझाए बिना छोड़ देंगे, तो वह खुद ही सीखने की कोशिश करेगा—और क्या सीखेगा, ये कोई नहीं जानता। सर, प्लीज़... लड़कियों के पास शेयर करने और समझने के लिए माँ होती है। क्या हम भी अपने दोस्तों या बच्चों से खुलकर बातें कर सकते हैं? सर, सोचिए कि अगर वो खुद से सीखेगा तो क्या सीखेगा? वो सीखेगा तो ज़रूर। उसके शरीर में बदलाव हो रहे हैं, तो वो ज़रूर इसको जानने की कोशिश करेगा। हर वो संभव प्रयास करेगा। और हम जितना इसको छुपाकर रखेंगे, उतनी उसकी जिज्ञासा बढ़ती जाएगी और वो पूरे ज़ोर से इसको और समझने की कोशिश करेगा। पर आप और हम बस उसको उसके हालात पर छोड़कर चले जाना चाहते हैं।"

सिद्धार्थ ने कहा, "देखो, इसका सही रास्ता है—योग और ध्यान। हर लड़के को यह समझना होगा कि वह अपने शरीर और इंद्रियों को काबू में करना सीखें।

और यही तरीका है—जब चाहे स्विच ऑन, जब चाहे स्विच ऑफ। यही सिखाना हमारा काम है।"

सिद्धार्थ की यह बात सुनकर लड़का हँस पड़ा।

"बिलकुल सर, स्विच ऑन-स्विच ऑफ। एकदम सही बात की। आपने तो सच में मर्दों वाली बात कही है। पर सर, प्लीज़... इस सच्चाई को आप भी मान लें कि ऐसा कोई स्विच ऑफ-स्विच ऑन नहीं है आपमें और ये पूरी तरह से अभी भी आपके वश में नहीं है।"

उसकी बातें सुनकर सिद्धार्थ का हाथ उठ गया। यह देखकर लड़का थोड़ा डर गया और ज़ोर से बोला, "हाँ सर, मार दीजिए। आप बड़े हैं ना? जब आपके पास जवाब नहीं होता, तो अक्सर आप हाथ उठा देते हैं। मारिए सर, पर ज़रा सोचिए—अगर स्विच ऑन-स्विच ऑफ सच में होता, तो वह दहेज का लालची, ठरकी इंसान, जिसे आपने दामाद बनाकर थाने में बैठाया है, वह ऐसा क्यों नहीं कर पाया?"

लड़के की आँखों में डर भी था और हिम्मत भी। उसकी आवाज़ में सवाल था, जैसे वो सीधे सिद्धार्थ के भीतर झाँक रहा हो।

"वह क्यों नहीं कर पाया? आप बच्चों को मार दीजिए—जो सच बोलता है, उसे ही सज़ा दे दीजिए। और जो मर्द जात पर कलंक है, जो लड़कियों के साथ गलत करता है, उसे आप दामाद बनाकर थाने में बिठा देते हो; कोर्ट के सामने भी खड़ा कर देंगे। सर, दुनिया में दो तरह की कोर्ट होती हैं। एक कोर्ट तो यही है—जहाँ जब तक ठोस सबूत न हों, कोई गुनहगार नहीं माना जाता; और दूसरा, जहाँ सिर्फ़ सोच लिया कि आप गुनहगार हैं, तो आप गुनहगार हो गए।

"यह छोटा बच्चा आपकी नज़रों में इसीलिए गुनहगार है कि उसके दिमाग़ में कुछ खराब सोच आ गई। आपने उसे तुरंत सज़ा दे दी। और वही दूसरा—

जिसके बारे में आप जानते हैं कि वह गलत है—आप उसे सज़ा नहीं दे सकते, जब तक कोर्ट का आदेश नहीं आ जाता। क्या यही आपका न्याय है, सर? मारिए, मारिए, ज़रूर मारिए। और आप कर भी क्या सकते हैं? पर याद रखिएगा—अगर वह बच्चा किसी गलत कदम पर गया, तो उसकी ज़िम्मेदारी भी आपकी होगी, सर। आपने उसे पहले ही सज़ा दे दी है—एक सज़ा, जिसका शायद वह हकदार ही नहीं था।

"आइए, अब मुझे भी सज़ा दीजिए—मेरी बदतमीज़ी और बेशर्मी के लिये मार दीजिए।"

उसकी आधी बात सुनकर सिद्धार्थ गुस्से से उठने लगा, पर लड़का चिल्लाते हुए अपनी बात किए जा रहा था।

वहाँ से निकलकर सिद्धार्थ सीधे निलेश के पास पहुँचा, जिसे दहेज और अपनी पत्नी पर ज़ोर-ज़बरदस्ती के आरोप में लाया गया था। निलेश वहीं बैठा था। सिद्धार्थ ने बिना देर किए सीधे उसके चेहरे पर थप्पड़ मारा, जिससे वह ज़मीन पर गिर पड़ा। इसके बाद सिद्धार्थ ने उसे जूतों और थप्पड़ों से बेतहाशा पीटना शुरू कर दिया। यह देखकर आसपास के लोग दौड़ते हुए वहाँ पहुँचे और उसे रोकने की कोशिश करने लगे।

"छोड़ दीजिए, सर... जाने दीजिए। कल इसकी पेशी कोर्ट में है," किसी ने बीच-बचाव करते हुए कहा।

इस धक्का-मुक्की में सिद्धार्थ की शर्ट के दो-तीन बटन खुल गए और सफेद रंग का गंजी दिखाई देने लगा। बटन को ठीक करते हुए उसने कहा: "तुम जैसे लोगों की वजह से पूरी मर्द जात बदनाम है। क्या तुझे यही लगता है कि शादी कर लेने से वह तेरी संपत्ति बन जाती है? मालिक है तू उसका? तू जब चाहे उससे काम कराए और जब तेरा जी चाहे उसके साथ सोए, भले ही उसका मन हो या ना हो।"

"तू उसे क्या समझता है? उसे खरीद लिया है तूने? तेरी खुद की बीवी के साथ नाजायज़ संबंध है। मरना तो तुझ जैसे इंसान को चाहिए—जिसकी ठरक की वजह से तेरे माँ-बाप को घर छोड़कर भागना पड़ा। मुँह छुपाते फिर रहे हैं वो। और तू है कि सिंगापुर में मज़े ले रहा है। तेरी तो बहन भी है न? सोच, उस पर क्या गुज़रती होगी ससुराल में।"

"तेरा जीजा अब अपनी हरकतों से उसे परेशान कर रहा होगा। और वो तेरे गुनाहों की सज़ा रोज़ भुगतती होगी। तेरी वजह से एक इंसान अपनी बीवी को भी प्यार जताने में डरेगा। और अब औरतें अपने पति के साथ भी सेफ नहीं हैं। छी...।"

निलेश धूल झाड़ते हुए बैठा था और मुँह से खून थूक रहा था—तमाचे की मार का असर साफ नज़र आ रहा था। वह ना कुछ बोल रहा था और ना ही वो सिद्धार्थ की ओर देख रहा था।

"देखिए, ये कितना घटिया आदमी है—मोटी चमड़ी वाला! ऐसे लोगों के साथ तो ज़बरदस्ती करनी चाहिए ताकि उन्हें समझ आए कि बिना मर्ज़ी किसी को छूना कितना गलत है।" सिद्धार्थ गुस्से में बोला; मनोज उसे शांत कराने के लिये आगे बढ़ा।

"सर, छोड़ दीजिए—इसे कल कोर्ट देख लेगा।"

"नहीं सर, कब तक केवल कोर्ट पर छोड़ते रहेंगे? ऐसे लोगों को तो बीच चौराहे पर खड़ा करके काट देना चाहिए, ताकि उन्हें सबक मिले—अपनी बीवी के साथ ज़बरदस्ती करता है..."

इसी बड़बड़ाहट में उसे कुछ याद आया और वह दौड़ते हुए स्टाफ रूम की ओर गया—पर वहाँ पहुँचते ही देखा कि रूम खाली था।

ठग ३ कहानियो का जंजाल

अब जाने क्यों, उसी दिन से सिद्धार्थ को उस नवयुवक का इंतज़ार रहने लगा। उससे बातें करके सिद्धार्थ को अच्छा लगने लगा था। शायद ऐसे लोग बहुत कम होते हैं, जो सामने से डाँटकर भी आपको सच का आईना दिखा जाएँ।

शाम को, थककर जैसे ही वह कुर्सी पर बैठा और आँखें मूँदीं, तभी कानों में वही जानी-पहचानी आवाज़ गूँजी। सिद्धार्थ के होंठों पर हल्की-सी मुस्कुराहट आ गई।

"हैलो, सर..."

उस लड़के की आवाज़ सुनकर सिद्धार्थ के चेहरे पर एक हल्की-सी खुशी झलकी, लेकिन अगले ही पल उसे अपने इंस्पेक्टर होने का एहसास हुआ। पद की गरिमा को सँभालते हुए उसने बस सिर हिलाया।

"सर... असल में उस दिन गुस्से में मैंने बहुत कुछ कह दिया था। सर, आई एम रियली सॉरी।"

"हम्म..." सिद्धार्थ ने धीमे आवाज़ में बस इतना कहा।

"सर, आप अभी तक मुझसे गुस्सा हैं?"

सिद्धार्थ ने जवाब देना उचित नहीं समझा। वह चुप रहा तो लड़का खुद ही बोलने लगा—

"सर, उस दिन आप इतने गुस्से में थे कि आपके जाते ही मैं यहाँ से भाग गया था। फिर इतने दिनों बाद हिम्मत जुटाकर आज आपके पास आया हूँ।"

सिद्धार्थ ने पूछा, "क्यों आए हो?"

"कुछ भी कहो सर, आपको भी मेरे साथ समय बिताना अच्छा लगता है... है ना, सर?"

"फालतू की बकवास खत्म हो गई हो तो काम की बात करो।"

"कुछ नहीं सर... बस सॉरी कहने आया था।"

"ठीक है, बोल दिया। अब जाओ।" सिद्धार्थ यह कह ही रहा था कि उसका फ़ोन बज उठा। उसने फ़ोन उठाया और बोला, "हाँ मधु, बोलो।" कुछ देर सुनने के बाद उसने दोबारा कहा, "नहीं, मैं आज भी घर नहीं आ पाऊँगा। थोड़ा काम है... बनारस जाना पड़ेगा। कल ही आऊँगा।"

"सर, फ़ोन पर कौन था?" नवयुवक ने ऐसे मज़ाकिया अंदाज़ में पूछा मानो वह सिद्धार्थ का सगा दोस्त हो।

"तेरी भाभी," सिद्धार्थ ने बिना ज़्यादा ध्यान दिए बोला। लेकिन अगले ही पल उसे एहसास हुआ कि सामने वाला उसका कोई दोस्त नहीं है। तुरंत उसने अपना टोन बदला और कहा, "तुझसे मतलब? कोई भी हो। तूने 'सॉरी' बोल दिया ना? अब निकल।"

"सॉरी सर... पर आपने कभी बताया नहीं कि आपकी शादी हो चुकी है।" यह सुनकर सिद्धार्थ ने झुंझलाते हुए उसकी गर्दन पकड़ ली और ज़बरदस्ती अपना फ़ोन दिखाते हुए कहा, "ले... मेरा फ़ोन देख ले। पढ़ ले सारी चैट्स। जान ले मेरे बारे में सब कुछ। तू मेरा बाप है क्या, जो तुझे यहाँ बैठकर सब बताऊँ?"

सिद्धार्थ की पकड़ से छूटते ही वह लड़का अपनी गर्दन दाएँ-बाएँ घुमाकर देखने लगा कि सब ठीक तो है।

"सॉरी सर... लेकिन एक बात बोलूं, अगर आप गुस्सा नहीं होगे तो?"

"बोल भी दे, और फिर मेरा पीछा छोड़," सिद्धार्थ ने थके और चिड़चिड़े टोन में कहा।

"मैं भी बनारस चलूँ? सॉरी, इस बार थोड़ा ढंग से बोलूँगा।"

सिद्धार्थ, जो अपना बैग पैक करते हुए बातें कर रहा था, पैंट को बीच में मोड़ते-मोड़ते अचानक रुक गया। उसकी तरफ देखा और बोला, "तू कुछ ज़्यादा ही फ्री नहीं हो रहा मेरे साथ? पागल हो गया है क्या? हट यहाँ से।"

यह बोलते हुए सिद्धार्थ ने अपना बैग उठाया और बाहर निकल आया। बोलेरो का दरवाज़ा खोलकर उसने बैग बीच वाली सीट पर फेंक दिया। तभी उसको याद आया कि चार्जर तो कमरे में ही रह गया है। वह वापस गया, चार्जर उठाया और फिर ड्राइविंग सीट पर बैठकर गाड़ी स्टार्ट कर दी।

अनचाहा साथी: पिछलगु

कैमूर, यूपी-बिहार की बॉर्डर पर बसा एक जिला है। वहाँ से बनारस पहुँचने में मुश्किल से एक से डेढ़ घंटे का समय लगता है। सिद्धार्थ गाड़ी चलाते हुए गुनगुना रहा था। ठंडी शाम में ड्राइविंग का अपना ही आनंद था। उसने यूपी पहुँचते ही बियर की दुकान देखी। गाड़ी रोकी और बाहर निकलने ही वाला था कि अचानक पीछे से एक आवाज़ आई, "प्लीज़... दो बियर लीजिएगा, सर।"

यह सुनकर सिद्धार्थ हैरानी और झुंझलाहट से भर गया।

"तुम... कब से मेरी गाड़ी में छिपे हुए हो?"

"थाने से, जब आप चार्जर लेने गए थे तभी से।" लड़के ने बड़ी ही मासूमियत के साथ जवाब दिया।

"ओह... कमाल है! तुम दिमाग से ठीक हो भी या नहीं? तुम्हारा घर-परिवार नहीं है क्या, जो ऐसे आवारा की तरह इधर-उधर भटकते फिरते हो?" सिद्धार्थ की आवाज़ में गुस्सा था।

"है न, सर... मैंने घर पर बता दिया है कि मैं बनारस जा रहा हूँ। कल वापस आ जाऊँगा।"

"तुम सच में पागल हो! जानते हो न कि मैं पुलिस वाला हूँ? चाहूँ तो अभी गिरफ्तार कर सकता हूँ तुम्हें।"

यह कहते हुए सिद्धार्थ मानो लड़के को कम और खुद को ज़्यादा याद दिला रहा था कि वह बिहार से था—जहाँ लोग पुलिस की वर्दी देखते ही दूर भाग खड़े होते हैं। लेकिन यह लड़का तो उल्टा सिद्धार्थ के गले ही पड़ गया था।

"सर, बातें पीते हुए भी हो जाएँगी... पहले बियर तो ले आइए, प्लीज़!" उस लड़के ने बड़ी मासूमियत से कहा।

सिद्धार्थ ने झुंझलाते हुए गाड़ी का दरवाज़ा ज़ोर से बंद किया, बिना कुछ बोले बाहर निकला और चार बियर की बोतलें लेकर लौट आया। बोतलें पिछली सीट पर रखते हुए उसने इंजन स्टार्ट किया और चुपचाप आगे बढ़ गया।

थोड़ी दूर जाकर, जब सड़क किनारे एक शांत जगह दिखी, जहाँ से गंगा का बहाव साफ़ दिखाई दे रहा था, तो उसने गाड़ी रोकी। बोनट पर चारों बोतलें रखीं और बोला, "चल, आ जा... पी ले तू भी।"

वह लड़का भी खुशी-खुशी गाड़ी से उतरा और दोनों ने मुस्कुराते हुए "चीयर्स" किया। सिद्धार्थ को भी कहीं न कहीं अच्छा लग रहा था—कम से कम आज उसे अकेले नहीं पीना पड़ रहा था।

थोड़ी ही देर में बियर ने अपना कमाल दिखाना शुरू कर दिया। सिद्धार्थ का गुस्सा अब उतर चुका था और वह उस लड़के से एक पुराने दोस्त की तरह बातें करने लगा।

"वैसे, तू ठंड में बियर क्यों पी रहा है?" सिद्धार्थ ने मुस्कुराते हुए पूछा।

"ये सवाल तो सर, मैं भी आपसे पूछ सकता हूँ।" उसने हँसते हुए कहा।

"मुझे बियर किसी भी मौसम में अच्छी लगती है, अगर ठंड हो तो फिर पूछो मत, वो कांपती सर्दी में ठंडी बियर..... उफ्फ, अंदर तक सिहरन और हल्का-हल्का प्यारा नशा।"

“वैसे, वो निलेश... जिसे आपने पकड़ा था, उसका केस अब हाई कोर्ट के फास्ट ट्रैक पर गया है।” अचानक से लड़के के अंदर का जर्नलिस्ट बाहर निकल आया और सीधे केस की बात करने लगा।

“छोड़ ना, केस की बातें। वो तो दिन भर थाने में सुनने को मिलती हैं। कुछ और बात कर।”

“एक बात पूछनी थी,” उसने हिचकते हुए कहा, “पर आप गुस्सा हो जाएँगे इसलिए वो बात नहीं पूछ रहा।”

“तो पूछ न, किसने रोका है!” सिद्धार्थ मुस्कुराया। “आज जो मन में है, सब पूछ ले। तू चुपचाप मेरे साथ इतना दूर आ गया—बियर पीने के लिए—और तुझे शायद आइडिया भी नहीं कि मुझे कितना अच्छा लग रहा है।”

“लास्ट टाइम जब मैं ऐसे किसी ट्रिप पर निकला था, तो पंकज साथ था... छोड़, जाने दे। अब तू पूछ, जो पूछना है।”

लड़के ने बियर का एक बड़ा घूंट लिया। फिर सिगरेट सुलगाई, एक कश खींचा और धुएँ को हवा में छोड़ते हुए बोला, “सर, आप ज़्यादातर समय थाने में ही रहते हैं, घर जाने से कतराते हैं। शादी को कितने साल हुए?”

“आठ महीने,” सिद्धार्थ ने उंगलियों से आठ दिखाते हुए जवाब दिया।

“बस आठ महीने? तो फिर तो आपको तो घर जाने के बहाने ढूँढने चाहिए थे, और आप हैं कि सारा दिन काम में लगे रहते हैं। ऐसा क्यों, सर?”

“तेरी शादी हुई है?”

“नहीं, सर...”

“तो फिर तू नहीं समझेगा। तू मेरे घर की बात छोड़ और अपने बारे में बता।”

लड़का मुस्कुराया, "हाहा... अरे सर, मेरे बारे में क्या बताऊँ? ऐसा कुछ ख़ास नहीं है।"

"क्या बनना चाहता है तू? क्या करना चाहता है ज़िंदगी में? और ये कैमरा लेकर क्यों घूमता रहता है? जर्नलिस्ट वाली झूठी बात मत बताना—अब सच-सच बता।"

लड़के ने बोतल में बची हुई बियर खत्म की, फिर एक नई बोतल खोली। सिद्धार्थ ने उसका हौसला बढ़ाया और कहा, "शाबाश... अब बोल, खुलकर।"

लड़के ने एक लंबा घूँट लिया और बोलना शुरू किया।

"कॉलेज में सब मुझे एस.आर.के. बुलाते थे, भैया। सबको लगता था कि मैं कुछ बड़ा कर दिखाऊँगा। लेकिन क्या बताऊँ... कॉलेज का हीरो, कॉलेज के बाहर आकर एकदम ज़ीरो निकला। हज़ारों लोग हैं मेरे जैसे—जो हर रोज़ इंस्टाग्राम और यूट्यूब पर नाच रहे हैं। सब उसी चक्कर में फँसे हैं—लाइक करो, सब्सक्राइब करो, शेयर करो। हर दो महीने में कोई नया चेहरा आता है, और पुराना भुला दिया जाता है। 'रेलेवेंट रहो, रेलेवेंट रहो' के इस खेल में सब बस सारा दिन ट्रेंडिंग टॉपिक पर वीडियो बनाते हैं... डालते हैं... फिर भीख माँगते हैं—'*प्लीज़ लाइक, सब्सक्राइब, शेयर।*'मैंने भी इस भीड़ में चलने की कोशिश की, लेकिन मुझसे नहीं हो पाया, सर।"

उसने एक लंबी साँस ली, कुछ पल आसमान की ओर देखा, फिर कहा, "मुझे कहानी कहने के अलावा कुछ आता भी नहीं... और शायद यही मैं सबसे बेहतर कर सकता हूँ। तो मैंने ठान लिया कि मैं वो कहानी कहूँगा, जो सिर्फ मैं कह सकता हूँ। ऐसी कहानी, जिसे मेरे अलावा कोई और नहीं सुना सकता। बस उसी एक कहानी की तलाश में निकला था मैं—न दस हज़ार, न बीस हज़ार... बस एक

कहानी। चाहे उसे चार लोग सुनें या चार लाख। और शायद उसी तलाश में... मैं यहाँ, आपके पास तक पहुँच गया, सर।"

कुछ देर तक वहाँ पूरी शांति थी। बस हवा के हल्के झोंके सुनाई दे रहे थे। सिद्धार्थ चुपचाप सिगरेट का कश ले रहा था, उसकी आँखें कहीं दूर टिकी हुई थीं। फिर धीरे से बोला,

"अगर तुझे वो कहानी कहनी है, जिसे बस तू कह सकता है... तो अपनी ही कहानी कह। वही एक कहानी है जो तुझसे बेहतर कोई नहीं कह सकता। उसे इधर-उधर मत ढूँढ। बस ईमानदारी से कह। अपनी राय मत देना, सफ़ाई मत देना—बस जो है, उसे वैसा ही कह दे। हीरो मत बन... बस वो बन, जो तू असल में है।"

पीने के बाद इंस्पेक्टर साहब के भीतर का लेखक बाहर आने लगा था।

"वो सर...आपने तो मेरी सबसे बड़ी प्रॉब्लम ही सॉल्व कर दी। एक और हेल्प करेंगे?"

सिद्धार्थ हँस पड़ा, बोला, "आज तू कुछ भी पूछ सकता है, कुछ भी बोल सकता है—बिना परमिशन के। पूछ।"

"मैं अपनी बेस्ट मेमोरीज़ बताऊँ?"

"बोल ना," सिद्धार्थ ने सिगरेट की राख झटकते हुए कहा।

"सर, मेरा बेस्ट पार्ट कॉलेज का रहा है।"

"कौन सा कॉलेज था तेरा?"

"के.आई.आई.टी., भुवनेश्वर।"

"अरे वाह! तू तो मेरे ही कॉलेज से है! सही है, जूनियर... चल, अब अपनी कहानी सुना। वो आत्माराम... और फिर तेरी कोई गर्लफ्रेंड भी रही होगी ना बेटा? तू तो छुपा रुस्तम निकला!"

लड़का हँस पड़ा, “ओके सर... तो स्टार्ट करते हैं।”

“डन! चल स्टार्ट कर।”

धंधा

“मैंने ग्यारहवीं में आई.आई.टी. की तैयारी के लिए कोचिंग जॉइन की थी। वहाँ एक एंट्रेंस टेस्ट होता था, और उसी के नंबरों के हिसाब से तीन सेक्शन बनते थे—एलीट, फर्स्ट और सेकंड। मेरा एलीट बैच में हुआ, लेकिन आदत से मजबूर, मैंने थोड़ी देरी से जॉइन किया।”

“तो जो शुरुआती क्लासें मिस हो गई थीं, उन्हें पूरा करने के लिए मुझे कुछ क्लासें सेकंड बैच के साथ करनी पड़ती थीं। इस तरह मेरा सारा दिन कोचिंग सेंटर में ही बीतने लगा था।”

“पर एक बात थी—सेकंड बैच के लड़के मुझे एलीट बैच वालों से कहीं ज़्यादा अच्छे लगे। शायद इसलिए भी कि मैं एलीट बैच से आता था, तो उनकी नज़रों में मेरी थोड़ी-बहुत इज़्ज़त भी थी। वहाँ मेरी दोस्ती राहुल, रवि और बृजभूषण से हुई, और मैं रोज़ उनके साथ चौथी बेंच पर बैठने लगा।”

“फिर एक दिन सेकंड बैच में एक नई लड़की का एडमिशन हुआ—साक्षी।

“वो बेहद खूबसूरत थी। उसकी बड़ी-बड़ी आँखें और हल्की मुस्कान... उफ्फ। पूरा बैच उस पर दीवाना था। हर लड़का उसके पीछे पागल था। मुझे भी शुरुआत में उस पर थोड़ा क्रश हो गया था। लेकिन एक दिन वो बाल पूरे पीछे बाँधकर आई—उसका चौड़ा ललाट देखकर मेरा क्रश वहीं खत्म हो गया।”

“बाकी लड़के लेकिन अब भी पागल थे। रोज़ कोई न कोई उसे फेसबुक पर ढूँढता, रिक्वेस्ट भेजता, और धीरे-धीरे उसके नाम से कई फेक आईडी बन गईं।”

"उनमें से एक आईडी हमारी भी थी—हम चार दोस्तों की। हमारी आईडी सबसे जेन्युइन लगती थी, क्योंकि राहुल की बहन भी उसी कोचिंग में पढ़ती थी, और उसकी वजह से उस आईडी पर बैच की कुछ असली लड़कियाँ जुड़ी हुई थीं। इसलिए स्मार्ट लड़कों को जल्द ही पता चल गया कि इतने सारे फेक *अकाउंट्स* में से वही असली वाला है।"

"उस आईडी की वजह से हम चारों को अपने फोन में कभी रिचार्ज की कमी नहीं हुई, और ना ही कभी चिकन रोल की। उस आईडी से हमने सबको बता दिया था कि हम चारों उसके घर के पास रहते हैं, इसलिए जो भी कुछ देना हो, वह सीधे हमें दे दे, ताकि सारी चीज़ें मुझ तक—मतलब साक्षी तक—पहुँच जाएँ। क्योंकि साक्षी को अक्सर उसके भाई या पापा लेने और छोड़ने आते थे। रोज़ फूल, रोल, चॉकलेट—सब कुछ मिलने लगा। अभी तक ज़िंदगी में जन्मदिन पे बस 10 रुपये की डेयरी मिल्क मिलती थी, अब 100 रुपये की डेयरी मिल्क सिल्क और फेरेरो रोचर मिलने लगे— जिनकी स्पेलिंग तक हम लोग ठीक से नहीं बोल पाते थे।

"और लव लेटर तो उफ्फ.... पूछिए ही मत।"

"लव लेटर तो 11वीं-12वीं में काफी फनी होते होंगे, कोई याद है तो सुनाओ ना?"

लव लेटर की बात सुनकर सिद्धार्थ से रहा नहीं गया।

"सर, कुछ लव लेटर छोड़ दें, तो ज़्यादातर लव लेटर सच में फनी होते थे। रंग-बिरंगे, चमकते-चमकते महंगे ग्रीटिंग कार्ड्स भी मिलते थे, और कभी-कभी लेडीज़ के परफ्यूम भी गिफ्ट में आते थे। हम चारों अक्सर वो परफ्यूम लगा कर घूमते थे, यह जाने बिना कि जेंट्स और लेडीज़ के परफ्यूम अलग-अलग होते

हैं। हमारे लिए बस इतनी ही खुशी काफी थी कि कोई भी खुशबू हमारी पसीने की बदबू को ढक दे—और वही सबसे बेहतर था।"

फिर उसने बताया, "हाँ, मुझे याद है कि एक लव लेटर में लिखा हुआ था:"

सेवा में,

सुश्री साक्षी,

दुनिया की सबसे खूबसूरत लड़की,

महोदया,

सादर निवेदन है कि मैं, विकास कुमार, आपकी कक्षा का छात्र हूँ। जिस दिन से मैंने आपको देखा है, बस मुझे आप ही दिखायी देती हैं। ऐसा लगने लगा कि मेरे फोर्स का सेंटर ऑफ़ ग्रैविटी आप हैं। ऐसा लगता है जैसे इनऑर्गेनिक के सारे एक्सपेक्टेशन्स मिलाकर आप बनी हो। मैं आपके लिए कुछ भी कर जाऊँगा। मैथ्स लेकर डॉक्टर बन जाऊँगा। आप एक बार 'हाँ' बोल दीजिए तो मैं IIT निकालकर IAS बन जाऊँगा। मैं आपके घर उसी दिन डोली लेकर आऊँगा, जिस दिन आप के लायक बन जाऊँगा।

तब तक आप अपना ख्याल रखें। और मैंने देखा था कि ठंडी के मौसम में आपके चेहरे पे दरारें आ गई थीं। ये दरारें देखकर मेरा कलेजा फट गया। आपके चेहरे के लिए ये BB क्रीम भेज रहा हूँ। और हाँ, लिफाफे में 500 रुपये भी हैं, तो अगर ये क्रीम सूट नहीं किया तो आप कोई और खरीद लीजिए।

अगर अगली बार आपके पैरों, हाथों, गालों कहीं भी त्वचा फटी तो समझ लीजिए कि विकास का सीना फट जाएगा। वो मेरे ज़िंदगी का आखिरी दिन होगा। मैं अपने पिताजी का घर, खेत सब बेच दूँगा, लेकिन आपके चेहरे पर सुखापन नहीं आने दूँगा। अगर आप ये क्रीम और पैसे स्वीकार कर लेंगी, तो मैं खुद को सौभाग्यशाली मानूँगा।

आपका अपना

'रोड साइड रोमियो'

मैं ही,

विकास जी,

(लास्ट बेंच, तीसरा लड़का, गेहुँआ रंग, और अक्सर पीली टी-शर्ट पहनने वाला)

"सबसे अच्छी बात यह थी कि वहाँ टीचर्स का इतना डर था कि कोई भी लड़का लड़की से जल्दी से बात नहीं करता था, और हमारा पोल खुलने का कोई भी चांस नहीं था।

कॉलेजों के फॉर्म भरने का समय आ गया था। IIT का एग्ज़ाम ठीक गया था, और मुझे लगा कि हो जाएगा। KIIT का फॉर्म भी फ्री था, इसलिए मैंने उसे भी भर दिया। UPTU के एग्ज़ाम वाले दिन ही KIIT का एग्ज़ाम था। मेरा मन बिल्कुल भी देने का नहीं था, लेकिन राहुल के कहने पर मजबूरी में मुझे एग्ज़ाम देने जाना पड़ा।"

"एग्ज़ाम सेंटर पहुँचने में मैं लेट हो गया। जब मैं सेंटर में पहुँचा, तो देखा कि मेरी बगल वाली सीट पर साक्षी बैठी थी।"

"अब यह उसके और पूरे बैच पर मेरा पहला और आखिरी इम्प्रेशन डालने का मौका था। इसलिए मैंने पूरा एग्ज़ाम जल्दी-जल्दी दिया, ताकि उसे मदद कर सकूँ। मुझे पता था कि वह जितना बंक मारती थी, उसे बहुत ज़्यादा तो नहीं आता होगा। साथ ही, शायद मेरा 'एलीट बैच' में होने का थोड़ा घमंड भी काम कर रहा था।"

"मैं अपना पेपर छोड़कर उसका आंसर देख रहा था और धीरे से उसे बता रहा था, यह 'B' नहीं है, सही उत्तर 'C' है।"

"एग्ज़ाम्स खत्म हो गए, और कोचिंग की दोस्ती भी लगभग खत्म हो चुकी थीं। रिज़ल्ट्स आते ही किसी के पास यह हिम्मत नहीं थी कि किसी और को कॉल करके पूछे, 'भाई, कहाँ एडमिशन ले रहा है?'"

"ऊपर से IIT की तैयारी के चक्कर में 12वीं बोर्ड का एग्ज़ाम भी बहुत अच्छा नहीं गया और केवल 72% मार्क्स आए। अब अगला टास्क यही था कि जहाँ भी एडमिशन मिले, उसे शांति से ले लिया जाए।

"मेरे बड़े भाई, जो मुझसे चार साल बड़े हैं, उन्होंने राय दी कि कंप्यूटर साइंस लो, अच्छा स्कोप है। कसम से, 12वीं तक संस्कृत पढ़ने वाला बच्चा मैं, जो कंप्यूटर पर सिर्फ़ यूट्यूब या पेंट खोलता था, अब कंप्यूटर इंजीनियर बनने वाला था। मरता क्या नहीं करता!"

"कंप्यूटर साइंस किसी भी सरकारी कॉलेज में नहीं मिल रहा था, इसलिए मैं थक हारकर KIIT पहुँच गया। वहाँ जाकर पता चला कि एडमिशन के लिए फॉर्मल्स पहनकर आना ज़रूरी है। मैं—जो अकेला ही एडमिशन लेने आया था, दो टी-शर्ट और एक जीन्स के साथ, बनारस से भुवनेश्वर, पुरुषोत्तम एक्सप्रेस में बैठकर—अब तक यह भी नहीं जानता था कि फॉर्मल्स क्या होता है।

ऊपर से एक कमरे में तीन लड़के थे। इस बार मैं लास्ट नहीं पहुँचा, सेकंड लास्ट था। तभी एक मुझसे भी पतला और दुबला लड़का आया, अपना सामान खिड़की वाले बेड पर रखा और बोला: "हाय, मैं मनीष सकरिया, गुजरात से हूँ, और तुम?"

मैंने कहा:

"हाय, एस.आर.के, बनारस से।"

बिहार से बोलने में ना जाने क्यों पहले थोड़ा डर लगता था कि लोग जज करेंगे कि बिहारी है और भोजपुरी बोलने में भी हल्की शर्म आती थी कि कोई सुन

न ले कि घर पे भोजपुरी में बात करता है। बाद में मुझे यह समझ आया कि उत्तर प्रदेश की भी बाहर वालों के बीच कोई खास इज्जत नहीं है। बिहारी लोगों को बस यह लगता है कि बाहर वालों के लिए यूपी बेहतर है। इसलिए दोनों प्रदेशों का नाम अक्सर एक साथ ही लिया जाता है— यूपी-बिहार।

तभी कमरे में एक हल्का-सा मोटा-तगड़ा लड़का दिखाई दिया, जिसकी लंबाई लगभग छह फुट तीन-चार इंच थी। वह अचानक बोलने लगा:

"Look, Mom, this is the room I've been allotted! Why does this always happen to me? I mean, just think—there are already two boys living here, and now I'll have to stay right in between them."

("देखो मम्मी, यही रूम अलॉट हुआ है मुझे! हमेशा मेरे साथ ही ऐसा क्यों होता है? अरे मम्मी, सोचो ज़रा—यहाँ पहले से दो लड़के रह रहे हैं, अब मुझे इन्हीं के बीच में रहना पड़ेगा।")

उसका कद-काठी और उस पर ठेठ अंग्रेज़ी बोलने का अंदाज़—आधी बातें तो समझ में ही नहीं आ रही थीं। पर उसके चेहरे के एक्सप्रेशन से इतना समझ आ गया था कि वह अपनी मम्मी से हमारे बारे में कोई शिकायत कर रहा था।

थोड़ी देर बाद वह और उसकी माँ हमारे रूममेट मनीष के पास गए। मनीष, जो हूबहू राहुल द्रविड़ जैसा दिखता था, उसी अकड़ में बोल दिया—

"नहीं आंटी, मैं अपना बेड खाली नहीं करूँगा। यदि आपको वॉर्डन से बात करनी है तो कर लीजिए," उसकी बात और टोन सुनकर मैं भी हिल गया।

फिर वो लोग जब मेरे साइड मुड़ के पूछने वाले थे, उससे पहले ही उसने बोल दिया, "आंटी, ये उत्तर प्रदेश–बिहार के हैं, अकेले आए हैं..." उसके बाद की

अंग्रेज़ी मुझे समझ नहीं आई, बस इतना सुना कि आखिरी में उसने कहा, "बाकी आप देख लो।"

उसके बाद वे सब लोग मेरी ओर देखकर मुस्कुराए। मैंने काउंट किया—उस एक लड़के को छोड़ने के लिए बॉयज़ हॉस्टल तक उसकी मम्मी के साथ कुल छह महिलाएँ आई थीं। और मर्दों की तो बात ही मत पूछिए—वे सब वहाँ की पूरी सेटिंग जानने में लगे थे। कोई पूछ रहा था, "यहाँ का पानी कैसा है?" तो कोई मेन्यू की जानकारी मांग रहा था। यह सुनकर मैं भी हिल गया।"

खाने का मेन्यू! भाई साहब, मैं टीनएज के समय से ही अपनी बहन के साथ रहा हूँ। खाने का मेन्यू मेरे लिए बस इतना था—सुबह पराँठे, और दोपहर को दाल-चावल या खिचड़ी, जो एक ही कुकर में बनते थे। मेरी बहन सुबह-सुबह पराँठे तलकर निकल जाती थी, चावल-दाल-आलू सब एक साथ कुकर में डाल जाती, और मुझे बस सीटी गिनकर गैस बंद करनी होती थी—तीन सीटी पर दाल-चावल और चोखा, पाँच सीटी पर खिचड़ी।

वो कमकच्छा से करीब पाँच–छह किलोमीटर दूर अग्रसेन महिला महाविद्यालय में एम.एससी. की क्लास करने जाती थी। ऐसे में मेरा पूरा खाने का मेन्यू उसी कुकर की सीटी पर निर्भर रहता था। अब जब वहाँ सुना कि दिन में चार बार अलग-अलग डिश मिलते हैं—बिरयानी, मछली, चिकन, और सिर्फ दो दिन वेज *मेन्यू*—तो सच कहूँ, मेरी आँखें फटी की फटी रह गईं।

उस दिन मैंने मन ही मन कहा—"यही वजह है कि प्राइवेट स्कूल इतने पैसे लेते हैं।"

खैर, जब क्लास शुरू हुई, तो पहले सभी लड़के अंदर आए, फिर लड़कियों की एंट्री होने लगी। मैं सोच रहा था कि चूंकि मैं साउथ इंडिया साइड पढ़ने आया हूँ, तो शायद कोई जेनिलिया डी'सूजा जैसी लड़की क्लास में आएगी—और मैं खुद

को सुपरस्टार विजय जैसा महसूस करूँगा। उसे देखूँगा, थोड़ा इग्नोर करूँगा, और फिर वो पूरी तरह से मुझ पर पागल हो जाएगी। लेकिन ऐसा कुछ भी नहीं हुआ।

एक लड़की आई, और पूरी क्लास उसे देखकर पागल हो गई। ओह माय गॉड... क्या जॉ-लाइन थी! ब्यूटी बोन भी गर्दन पर साफ़ दिख रही थीं। मैं सोच रहा था, सच में, ये वही फ़ील है जैसे पहले मैंने किसी लड़के को गायों को चारा देते देखा था—मुखिया नाम का लड़का, चेहरा बिल्कुल भोजपुरी अंदाज़ में "ठोकेरिया हुआ", हड्डियों पर चमक वाली बनावट के साथ। और वही लड़की भी वैसी ही—बाल बिल्कुल सीधे, झाड़ू जैसे, आखिर में हल्की लाल छाया के साथ, जैसे सालों से किसी ने उसमें तेल ही ना लगाया हो.... भक भैया। मुझे तो देखकर कुछ खास अच्छा नहीं लगा।

हाँ, एक लड़की थी—थोड़ी लंबी, गोल-मटोल, खाते-पीते घर की, फूले हुए गाल, सुंदर नाक और चेहरा। बस शरीर थोड़ा साधारण था। ऐसा लगता था कि अगर थोड़ी मेहनत की जाए, तो एकदम हेमा मालिनी जैसी लग सकती थी।

पर अफसोस, बाकी लड़के उसी पतली-दुबली लड़की पर दीवाने हुए जा रहे थे। और उन सबको वह लड़की बिल्कुल हेलन जैसी लग रही थी। सच कहूँ तो हमें पहली नज़र में ही प्यार जैसा फील चाहिए था, लेकिन वह सपना ही रह गया।

बस... वो मौका भी निकल गया। अब क्या करते! हमारा रोल नंबर कुछ इस तरह था कि हमारे आगे-पीछे सिर्फ़ तीन लड़कियाँ थीं—और वो भी मैकेनिकल लैब की। जब भी कोई नाम पुकारता, सब एक साथ कहने लगते, "बॉस इज़ वेटिंग आउटसाइड... बॉस इज़ वेटिंग *आउटसाइड!*"

मैं सोच में पड़ गया—कौन-सा बॉस बाहर मेरा इंतज़ार कर रहा है? कोई भारी-भरकम आदमी होगा शायद! थोड़ी-बहुत अंग्रेज़ी तो मैं भी समझता था,

लेकिन जब भी क्लास से बाहर निकलता, सब सीटी बजाकर मुझे बस में बिठा देते। तब जाकर समझ आया कि वो "बॉस" नहीं, "बस" बोल रहे होते हैं—और इस उच्चारण को *MTI* (मदर टंग इन्फ्लुएंस) कहा जाता है।

बाद में पता चला कि जब हम खुद 'डैशिंग' को 'डैसिंग' और 'एक्शन' को 'एक्सन' बोलते थे, तब असल में हमारी उच्चारण की पकड़ ही कमजोर थी। तब जाकर एहसास हुआ कि भाई, हम तो ढंग से हिंदी भी नहीं बोल पाते—अंग्रेज़ी की तो बात ही छोड़िए।

अब धीरे-धीरे हमारे रूममेट्स के साथ समझौता हो गया कि जो भी हो, हम तीन ही हैं—एक बंगाली, भास्कर रॉय; दूसरा गुजराती, मनीष सकरिया; और तीसरा मैं। तय हुआ कि फिलहाल जैसे भी हो, एक साल तक अडजस्ट करते हैं, अगले साल सब अपने-अपने रास्ते चले जाएँगे।

लेकिन इतना आसान कहाँ था फर्स्ट ईयर। पूरे 4 साल यही तो डिसाइड करने वाला था। रूम के सामने जो लड़का रहता था, उसे मैंने ज़िंदगी में पहली बार फुल पैंट और शर्ट में उसकी शादी के दिन देखा था। उससे पहले तो हमेशा वही नज़ारा—एक गंदा, मटमैला तौलिया कमर में लपेटे, मुँह में गुटखा दबाए, सैंडो गंजी पहने, जो कभी सफेद रही होगी, पर अब पसीने और धूल से पीली पड़ चुकी थी। उसके कांख के बाल पसीने से चिपके हुए और लाल-काले रंग में बदल चुके थे—और इसी रूप में वो हर दिन नज़र आता था।

अगले ही दिन वह हमारे कमरे में आया और बोला, "देखो, तुम लोग यहाँ पढ़ने-लिखने आए होगे, लेकिन मेरा नाम है अंकित शुक्ला, ई.टी.सी. ब्रांच से। मुझे पढ़ाई-लिखाई से कोई खास मतलब नहीं है—मैं यहाँ बस मौज-मस्ती करने आया हूँ।"

यह कहते-कहते उसने किसी को फ़ोन लगा दिया। सामने शायद कोई लड़की थी। मैं तो बॉयज़ स्कूल से पढ़ा था, इसलिए जैसे ही फ़ोन पर लड़की की आवाज़ सुनी, सीधा खड़ा होकर सल्यूट मार के 'जय हिंद' बोल दिया। बाक़ी दोनों की हालत भी कुछ ऐसी ही थी—सब सकपका गए थे।

फिर वो बड़े ठाठ से बोला, "देखो, ये है मेरी... खास दोस्त। इसे सब पता है—मैं नशा करता हूँ, पैसे उड़ाता हूँ, बस जिंदगी अपने हिसाब से जीता हूँ। लेकिन फिर भी ये मुझसे इतना प्यार करती है कि मेरे लिए जान तक दे देगी। अभी कोटा में मेडिकल की तैयारी कर रही है।"

भाई साहब, अगले चार महीनों तक उस लड़के ने पूरे हॉस्टल में एक आइडियल फिक्स कर दिया—"गर्लफ्रेंड अगर हो, तो वैसी ही, वरना न हो।"

फ़िर आया दशहरा का समय। हमारे कमरे के बगल वाला लड़का, अश्विनी, किसी लड़की को लगातार देखे जा रहा था। उधर मैं—जो अक्सर बनारस से बिहार तक बिना टिकट यात्रा करता था—जब स्टेशन पहुँचा और देखा कि मेरे अलावा बाकी सब लड़के-लड़कियाँ बाकायदा टिकट लेकर, वो भी ए.सी. कोच के टिकट के साथ जा रहे हैं, तो मैं सच में हैरान रह गया।

मेरे अलावा वहाँ कोई बिना टिकट नहीं था। जो आज नहीं आ पाया था, उनका अगले दिन या तो ट्रेन से था या किसी-किसी का एयरप्लेन से। और हमने बस यही सोचा था कि एयरप्लेन पे इंसान तभी चढ़ता है, जब वो घर से भाग के मुंबई या विदेश गया हो और कोई 'बड़ा आदमी' बन गया हो। वरना शायद ऐसे नॉर्मली फ्लाइट का टिकट माँगने पर दो-चार झापड़ ही मिलें।

पर लोग बिना बड़ा आदमी बने भी एयरप्लेन से घर जा रहे थे। सच कहूँ तो अमिताभ बच्चन से लेकर गोविंदा तक सब झूठ बोल रहे थे हमसे। हम तो स्टेशन तक इसलिए आए क्योंकि कई दोस्तों ने लगातार पूछा, "घर कब जा रहे हो? घर

कब जा रहे हो?"—और आखिरकार, मैं भी एक बैग उठा कर निकल पड़ा, कह रहा था, "चलो, आज ही घर चल रहा हूँ।"

फिर कुछ दोस्तों ने बोला कि टी.टी. से बात कर लो, वह सीट अडजस्ट कर देगा। जब मैं टी.टी. के पास गया, तो एहसास हुआ कि उसके आस-पास पहले से ही लगभग 100-200 लोग मधुमक्खियों की तरह भिन-भिना रहे थे।

थक-हारकर मैं अपने बगल वाले रूममेट अश्विनी के पास गया, क्योंकि वह भी बनारस जा रहा था। मैंने कहा, "यार, सीट नहीं है और टिकट भी नहीं मिला।"

उसने तुरंत कहा, "अगर हिम्मत है तो उस लड़की से प्लेटफॉर्म पर उसका नाम पूछ कर आओ, तभी मैं तुरंत तुम्हें सीट दे दूँगा।"

मैं ये बात सुन के कभी नहीं जाता। लेकिन उसके आसपास खड़े लड़के हँसने लगे और बोले, "छोड़ो, यह तो बॉयज़ स्कूल से पढ़ा लड़का है, इसके बस की बात नहीं किसी लड़की से बात करना। ऊपर से यह क्या बोलेगा— "मैम, शाम हो गई है, शराबी बच्चे आस-पास हैं, शांत जगह चले जाओ, शर्माओ मत, हम शर्माजी के दोस्त हैं।"

ये सुन मेरा मेल इगो हर्ट हो गया। अब कुछ भी करना था—उसे इम्प्रेस करना और उस लड़की से बात दोनों कर के दिखाना था। मैं प्रैक्टिस करते हुए गया:

"हाय... मे आई नो योर नेम..."

"हाय... मे आई नो योर नेम..."

जब मैं लड़की के पास पहुँचा, मैंने कहा, " हाय..." लेकिन आगे की अंग्रेज़ी मेरे लिए मुश्किल हो गई। लड़की मुड़ी, मैंने उसे देखा, उसने मुझे देखा। दोनों के ही मुँह से एक साथ निकला:

"अरे तुम...!!!"

भाई साहब, वो साक्षी थी—वो लड़की, जिसके पीछे पूरा कोचिंग पागल था। कॉलेज की सबसे सुंदर लड़की, जिसकी बड़ी ललाट देखकर मुझे लगा कि इतने पैसे देने से अच्छा कोई ऐसा कॉलेज मिलता जहाँ अमृता राव, सुष्मिता सेन या कम से कम जेनिलिया डी'सूज़ा जैसी लड़की मिलती। लेकिन ये सबसे सुंदर थी, तो बाकी का क्या कहना।

सच कहूँ तो... "तुम" कहने के बाद ही उसने खुद को संभाल लिया और शायद उसे याद आया कि वह कॉलेज की सबसे खूबसूरत लड़की है। तो बोली, "बोलो, क्या हुआ?"

"अरे कुछ नहीं, दोस्तों ने कहा कि मैं तुमसे बात किए बिना नहीं आ सकता। अगर बात कर लिया तो वो अपना सीट दे देंगे..."

"ओह, ऐसा क्या... ठीक है, अब बात हो गई ना।"

मैं जाने ही वाला था कि दूर से देख रहे लड़के मुँह छुपाकर हँस रहे थे। उन्हें लगा कि मैं डाँट खा रहा हूँ। लेकिन मैं जानता था कि चाहे जितना भी समझाऊँ, वो यही मानते रहेंगे, तो मैंने बोला, "लेकिन वो लोग मानेंगे नहीं कि मैंने सच में तुमसे नॉर्मल बात की है।"

"तो तुम क्या चाहते हो?"

"मुझे नहीं पता..."

"ओके, फेसबुक पर हो?" और उसने पूछते ही अपना आईडी बताया। मैंने तुरंत फ्रेंड रिक्वेस्ट भेजी, और अगले ही पल उसने उसे एक्सेप्ट भी कर लिया।

अब मेरे पास प्रूफ था कि मैंने उससे बात की है।

सीट तो अश्विनी को देनी पड़ी, पर वह भी मेरे साथ ही बैठा रहा। भीड़ इतनी थी कि टी.टी. बस नाम लेकर आगे बढ़ रहा था, क्योंकि वेटिंग वाले उसका पीछा नहीं छोड़ रहे थे।

इतने में अश्विनी ने मेरी आईडी से उसे "Hi" भेज दिया। उधर से कुछ देर बाद जवाब आया "Hi!"

अब क्या, उसने मुझे देखा और मैंने उसे। उसकी आँखों में आँसू थे। वह सीट क्या, पूरी बोगी छोड़कर चला गया। उसके जाने के बाद, उसके साथ बैठा श्रीजीत मुझे देखकर बोला—"सच बताऊँ एस.आर.के, वो लड़की तुझसे प्यार करती है।"

मैं हैरानी और ख़ुशी से चौंक गया, "पागल है क्या? नहीं तो।"

वह बोला, "देख न, कोई यूँ ही पूरे भरे प्लेटफ़ॉर्म पर बात नहीं करता, और ख़ुद अपना आईडी बताकर फ्रेंड रिक्वेस्ट एक्सेप्ट करे—इसका मतलब 'यू आर द वन।'"

"ये, यू आर द वन... मतलब भाई?"

"मतलब ये कि पूरे कॉलेज, पूरी रेल, पूरे यूनिवर्स में वही एक तुम हो जो उसे पसंद हो... वही एक तुम! यू आर द वन!"

मैंने उसे हँसते हुए डाँटा, लेकिन मन ही मन गजब ख़ुशी महसूस हो रही थी। अगर वो उस दिन बाल बाँधकर नहीं आई होती, तो ग़ज़ब लग रही होती—यही बात दिमाग में घूम रही थी।

तभी श्रीजीत बोला, "देख भाई, अगर ये सच न होता, तो अश्विनी ये सीट और वो लड़की तेरे लिए छोड़कर कभी न जाता।"

अपने दोस्त की बातों और श्रीजीत की बात पर मुझे भरोसा होने लगा।

पूरी नवरात्रि दोनों मेरे हाल-चाल पूछते रहे, और मैं उस दो अक्षरों वाले "हाय" की लिखावट को कविताओं में ढाल-ढाल कर सजाता रहा। आख़िर उस तीस सेकंड की बातचीत और उस एक "हाय" ने कितनी ज़िंदगियों में "हाय-तौबा" मचा दी थी।

मैंने सोचा कि उसे एक मैसेज भेजकर थोड़ी बात कर लूँ, लेकिन मेरे लव गुरु—श्रीजीत और अश्विनी—ने रोक दिया। दोनों बोले, "नहीं यार, उसे तड़पने दो। सोचने दो कि ऐसा क्या हुआ कि उसके पूरे दो मैसेज का जवाब तुमने नहीं दिया। वो पूरा दिन तुम्हारे बारे में ही सोचेगी। यही सोचते-सोचते जब कॉलेज आएगी, तो एक दिन तुम उसके सामने जाओगे, और वो खुद टूटकर कहेगी — 'ओ प्राणनाथ, तुम कहाँ थे? आखिर तुमने मेरे मैसेज का जवाब क्यों नहीं दिया? तुम्हारे बिना तो मेरी हालत पानी बिन मछली जैसी हो गई थी।'"

उनकी ये बातें सुनकर मैं भी इंतज़ार करने लगा—कब छुट्टियाँ खत्म होंगी, कब मैं साक्षी से मिलूँगा, और कब वो वैसा ही कुछ कहेगी। धीरे-धीरे उसकी वही बड़ी ललाट, जो पहले अजीब लगती थी, अब प्यारी लगने लगी। इन दस दिनों में मैंने उसके हर फोटो को इतने बार ज़ूम करके देखा कि अब मुझे वह इतनी सुंदर लगने लगी थी कि उसके आगे ऐश्वर्या राय भी फीकी पड़ जाए।

इसी बीच वो लंबी-चौड़ी "हेमा मालिनी"— यानी श्रुति— जो मेरी लैब में थी, उसका फोन आया। उसने मुझसे छुट्टियों की सारी बातें पूछीं। मैंने भी सब कुछ बता दिया। पर एक लड़की दूसरी लड़की की खुशी कब बर्दाश्त कर पाती है?

वो जल गई और बोली, "तेरे दोस्त तुझे बस चढ़ा रहे हैं, ज़्यादा हवा में मत उड़। छुट्टी के बाद लैब रिकॉर्ड्स लिखकर लाना, वरना फेल हो जाएगा।"

उसे क्या पता था कि असली प्रेम कहानी तो अब शुरू होने वाली थी।

छुट्टियाँ खत्म हुई और अगले ही दिन हमारे हॉस्टल में क्रिकेट का मैच शुरू हुआ। दो विकेट जल्दी गिर चुके थे, तो मुझे विकेट सँभालने के लिए भेजा गया। मैं मैदान में अपनी 'क्लास' दिखाने में लगा था कि तभी उधर से एक छोटा-सा प्राणी—पाँच फुट दो इंच का, हल्की-सी दाढ़ी बढ़ाए—आ के बोलता है, "एस. आर.के.! एस.आर.के.! साक्षी कब से तेरा इंतज़ार कर रही है मेन कैंटीन में!"

यह सुनते ही बाकी के बाईसों खिलाड़ी मेरी ओर मुड़कर देखने लगे।

मैं तो गर्लफ्रेंड बनाना चाहता था, लेकिन ऐसे मौके पर क्रिकेट भी नहीं छोड़ सकता था। ऊपर से मुझे ये भी दिखाना था कि मुझे फर्क नहीं पड़ता, इसलिए अगले ओवर में स्टेप आउट करके मैंने पूरी ताक़त से बॉल को हिट किया।

और हुआ भी वही—बाउंड्री पर खड़ा एक खिलाड़ी उस शॉट को सिम्पल कैच बनाकर पकड़ लिया।

मैं और श्रीजीत दोनों भागे। मैं हाफ पैंट, गंजी और हवाई चप्पल में था। मैंने श्रीजीत की ओर देखा—उसने बिना कुछ कहे अपनी टी-शर्ट उतारकर मुझे दे दी। जब मैंने उसकी पैंट की ओर देखा, तो उसने सिर हिलाकर साफ़ मना कर दिया। उसका बेचारा मुंह देखकर मैंने उसे माफ़ कर दिया। फिर मेरी नज़र उसके फॉर्मल शूज पर गई, तो उसने बिना देर किए अपने फॉर्मल शूज़ भी उतार दिए और मेरी ओर बढ़ा दिए।

इस तरह पीली टी-शर्ट, लाल बमचम (शॉर्ट्स) और काले फॉर्मल जूते पहने, धूल से सना हुआ मैं जब कैंटीन पहुँचा, तो देखा सामने मानो साक्षात् "मिस यूनिवर्स" टाइप दिखने वाली लड़की खड़ी हो—खुले, शैम्पू किए बाल, और किसी दोस्त से खिलखिलाते हुए बातें करती हुई।

मैंने तुरंत अपनी टी-शर्ट से लंबी गंजी खींचकर मुँह साफ़ किया। इसी बीच कहीं से श्रीजीत ने चमेली का फूल लाकर मुझे दे दिया।

मेरी पीली टी-शर्ट नाभि तक आ रही थी, और ओवरसाइज़ गंजी इज्जत बचाने का काम कर रहा था। वहीं नीचे मेरी पैंट, और काले फॉर्मल जूते, और हाथों में चमेली का फूल लिए मैं साक्षी की ओर देखा। एक पल के लिए वो डर गई।

मैंने हल्का मुस्कुराते हुए कहा, "हाय साक्षी।"

वो डरते हुए बोली, "हाय..."

और फिर, मेरी स्क्रिप्ट के हिसाब से उसे कहना था—"मैं तुमसे प्यार करती हूँ।" लेकिन आज वह इतनी सुंदर दिख रही थी कि मैं ही घबरा गया। उसने शायद मेरी बात सुनी ही नहीं और अपने दोस्त से बातचीत करने लगी।

मैंने फिर से कहा, "हाय... साक्षी... आई लव यू।"

इस बार उसने मेरी ओर देखा और आखिरकार बोली, "तो...??"

मैंने अपनी ज़िंदगी में "आई लव यू" के कई जवाब सुने थे और पिछले दस दिनों में उसके जवाब भी याद कर लिए थे, लेकिन यह उसका जवाब आउट ऑफ़ द सिलेबस आ गया था। इसका जवाब मेरे पास नहीं था। मैंने उसकी बगल में बैठी लड़की को देखा, वह भी सुंदर थी—सोचा उससे भी पूछ लूँ, लेकिन गले से आवाज़ नहीं निकली। फिर मैंने श्रीजीत की ओर देखा।

वह बोला, 'चलो, अब चलते हैं।'

"क्या बोली साक्षी, एस.आर.के?"

"उसने बोला, 'तो...'"

"कुछ भी बोली हो यार... तुम दोनों साथ में अच्छे दिख रहे थे।"

जब मैं हॉस्टल पहुँचा, श्रीजीत ने सारी बात अश्विनी को बताई। उसने मेरे सामने फेसबुक खोला और मेरी तरफ़ से साक्षी को मैसेज किया:

"तुम्हें हिम्मत कैसे हुई? तुम खुद को क्या समझती हो... क्या तुम दुनिया की सबसे सुंदर लड़की हो? बस 'आई लव यू' ही तो बोला था।"

साक्षी का तुरंत रिप्लाई आया, "तो मैंने क्या बोला?"

मैंने पूछा, "तो... क्यों बोली? इससे अच्छा मना कर देती?"

वह बोली, "अरे, अचानक से मैं क्या बोलूँ?"

"What do you think, I am cheap and you are pretty, so you can say anything and I will listen to you"

कसम से, "cheap" शब्द का मतलब मुझे गूगल से पता चला। अश्विनी मेरा दोस्त था, और वह मेरी भलाई के लिए लिख रहा था। फिर श्रीजीत बोला, "हटो अश्विनी, अब मैं ही उसे लिखूँगा।" उसने कुछ मैसेज लिखा और भेजा। इसके बाद साक्षी का प्रोफ़ाइल फोटो अचानक दिखना बंद हो गया।

"ओह... तो तुम्हारी क्रश से फिर कभी बात नहीं हुई?" सिद्धार्थ हल्का मुस्कुराते हुए बोला।

"वो मेरी क्रश नहीं थी, उसका ललाट काफी बड़ा था, गाल फूले-फूले, आँखें बड़ी और उसकी बेबाक स्माइल बेहद प्यारी थी, लेकिन इसके बावजूद वह मेरी क्रश नहीं थी।"

"देखो, कम से कम खुद से झूठ बोलना तो छोड़ दो। हमारी क्रश अक्सर ऐसी ही बनती है, दोस्त। किसी लड़की की इतनी तारीफ कर दो कि उसकी कमियाँ भी खूबियाँ लगने लगें। किसी को इतना देख लो कि उसकी आदत पड़ जाए। हमें खुद भी पता नहीं होता कि हमें उस इंसान से क्या चाहिए; बस उसे देख लेने की चाहत ही काफी लगती है। फिर कहीं किसी गली या रास्ते से गुजरते हुए दिमाग में कहानी बना लेते हैं—काश दह यहाँ दिख जाए, काश वह यहाँ मिल जाए। पर सच्चाई तो यह है कि अगर वह दिख भी जाए या मिल भी जाए, तो जिसे होना नहीं लिखा, वह साथ नहीं रहेगा, चाहे कितना भी सोच लो।"

सिद्धार्थ पूरे फील के साथ यह कह रहा था, और एस.आर.के भी पीते हुए अपने पॉइंट को सही साबित करने पर तुला था।

"अश्विनी ने अगर वो मैसेज नहीं भेजे होते तो शायद..."

एस.आर.के की बातें बीच में काटते हुए सिद्धार्थ ने कहा, "ये ना, वो चीज़ है जो बहुत चालाक होती है—बार-बार तुम्हें अतीत में खींच ले जाती है और ठीक से वर्तमान को जीने नहीं देती। उसे छोड़ दो।"

सिद्धार्थ ने फोन करके नई बियर की बोतल मंगवा ली थी। उसे खोलते हुए उसने एस.आर.के से पूछा, "तुम्हें लगता है कि अश्विनी ने तुम्हारी लव लाइफ खराब कर दी?"

"हाँ सर, मुझे लगता है कि अगर वो नहीं होता तो शायद मैं और साक्षी..."

बीच में उसे रोकते हुए सिद्धार्थ बोल पड़ा, "मेरी भी एक ऐसी ही लव स्टोरी रही है। कॉलेज टाइम तक हम दोनों ने एक-दूसरे से कोई बातचीत नहीं की थी। फिर अचानक मैंने देखा कि उसने इंस्टाग्राम पर मुझे अनब्लॉक कर दिया। कॉलेज खत्म होने के बाद मैंने तुरंत फ्रेंड रिक्वेस्ट भेजा, और रिक्वेस्ट के साथ एक मैसेज भी जोड़ दिया।"

'हाय... मैं सच में माफी चाहता हूँ। कॉलेज में जो हुआ, उसकी वजह से हमारी पूरी कॉलेज लाइफ बिना बात किए निकल गई। आई एम सॉरी, क्या तुम मुझे माफ कर दोगी?'

कुछ दिनों बाद जवाब आया: 'ठीक है, जो हो गया, सो हो गया। अब इसे भूल जाओ।'

फिर धीरे-धीरे बातचीत होने लगी। मेरे दोस्त की बहन की शादी थी और डेस्टिनेशन वेडिंग के लिए उन्होंने बनारस को फाइनल किया। वह बहुत परेशान था और मुझे मैसेज किया कि बनारस में उसकी जान-पहचान होगी, इसलिए वे सारनाथ के आसपास ही डेस्टिनेशन वेडिंग करना चाहते हैं।

मैंने यह बात अपनी कॉलेज क्रश को बताई। उसने कुछ नाम सजेस्ट किए, हमने बातचीत शुरू की और उनमें से दोनों को एक होटल पसंद आया। इत्तेफाक देखो कि वह होटल बिल्कुल उस लड़की के घर के सामने था, जिससे मुझे मिलने का मौका मिल गया।

अब अगरबत्ती से लेकर दुल्हन की बिंदी तक—कुछ भी मिस होता, मैं तुरंत उसके पास जाता और वह खुले दिल से मेरी मदद करती। मुझे लगा, शायद भगवान ने इसलिए मुझे मिलाया है।

मैंने भी ठान लिया था कि शादी खत्म होने से पहले उससे वो वाली दोस्ती करनी है, जो कॉलेज में नहीं कर पाया।

शादी से एक दिन पहले मैंने उसे फोन किया और कहा कि अचानक सिलेंडर खत्म हो गया है और इतनी रात में अब कहाँ जाएँ, प्लीज मदद करो। उसने तुरंत सिलेंडर सिक्योरिटी से भिजवा दिया। अब मुझे उसके घर का पता और नंबर दोनों पता थे।

प्लान था कि अगले दिन सिलेंडर लेकर खुद जाऊँगा, कुछ गिफ्ट्स लूंगा, उसके घर जाऊँगा, ढेर सारी बातें करूंगा। वो क्या बोलेगी, मैं क्या जवाब दूँगा—सब पहले से सोच रखा था। फालतू की बातें, सब कुछ प्लान था। और हाँ, तुम्हारा ध्यान उस दिन अपनी ड्रेस पर ही ज़्यादा था। तुम्हें लगा था कि शायद तुम्हारे कपड़ों की वजह से ही ऐसा हुआ।"

तो तुम जानते हो, मैं उस दिन मान्यवर मोहे का सूट, नाइके के जूते, सुपरबाइक और कावासाकी वल्कन S लेकर उसके पास पहुँचा।

सिक्योरिटी गार्ड के साथ उसके रूम पहुँचा और उसे देखते ही, लाया हुआ सूट और जल्दीबाजी में लपेटा गया फल का टोकरा उसे दिया। वह बिल्कुल चौंक गई—वो मुझे एक्सपेक्ट नहीं कर रही थी। मैंने हकलाते हुए कहा, "अंदर नहीं बुलाओगी क्या!" इस एक लाइन को कहने में मैं चार बार हकलाया।

उसने मुस्कुराते हुए कहा, "हाँ, आ जाओ... मम्मी-पापा गाँव गए हैं, तो मैं अकेली ही हूँ।"

वो मेरे सामने बैठी थी, और मैं अपने कॉलेज के दिनों को उसके चेहरे पर ढूँढ़ने की कोशिश कर रहा था। न मैंने कुछ कहा, न उसने। कहने की ज़रूरत भी नहीं थी। मैं न हँस पा रहा था, न कुछ बोल पा रहा था... बस उसकी आँखों, उसके चेहरे में खोया बैठा था।

थोड़ी देर बाद उसने पूछा, "और बताओ..."

मैंने कहा, "ठीक है... अब चलता हूँ।"

फिर मैं बाहर निकला, अपनी बाइक पर बैठा और किसी भी रास्ते चला जा रहा था। चेहरे पर स्माइल रुकने का नाम ही नहीं ले रही थी। मैं उस लड़की से मिल चुका था—उसी से, जिससे मिलने और बात करने के सपने मैं बरसों से देखता आया था। आज मैं पूरे दो मिनट उसके सामने, उसके घर में बैठा था।

वो कहानी, जो कॉलेज में कहीं अधूरी रह गई थी, शायद उसका इससे बेहतर एंड हो ही नहीं सकता था। मुझे भी पता था कि शायद अब हम ज़िंदगी में फिर कभी नहीं मिलेंगे, पर उससे ज़्यादा सैटिस्फाईंग लव स्टोरी मेरे लिए हो ही नहीं सकता था—एकदम परफेक्ट, बिल्कुल हैप्पी एंडिंग।

सिद्धार्थ के चेहरे पर स्माइल थमने का नाम नहीं ले रही थी। वो हँसते हुए बियर पीता जा रहा था और नदी के शांत बहाव को निहारता हुआ मुस्कुराए जा रहा था, मानो उस पल को बार-बार अपनी यादों में रिवाइंड करके जी रहा हो।

कुछ देर बाद उसे याद आया कि एस.आर.के अपनी कहानी सुनाने वाला था। उसने कहा, "तो अब तू बता... कैसे पटाई अपनी गर्लफ्रेंड?"

बियर का नशा अब शब्दों और उम्र—दोनों में—थोड़ी कमी ज़रूर ला चुका था।

वो झटका तो मुझे ज़रूर लगा था—मन में डर था कि अब सब मेरा मज़ाक उड़ाएँगे। थोड़ी बहुत हँसी हुई भी, पर वैसा कुछ नहीं हुआ जैसा मैंने सोचा था।

फिर मेरी लैब पार्टनर, श्रुति, से काफ़ी अच्छी दोस्ती हो गई। अगर ग्रुप में किसी लड़के को किसी लड़की से बात करनी होती, तो सब उसी के पास जाते। वो उस लड़की का नाम, सेक्शन, सब पता कर लेती थी।

मुझे नहीं पता क्यों, पर उससे बात करना, कभी झगड़ा करना—सब अच्छा लगने लगा था। यहाँ तक कि अगर वो क्लास मिस कर देती, तो मेरा क्लास में मन नहीं लगता और मैं भी उठकर बाहर निकल जाता था।

ऐसे ही वक्त बीतता गया और देखते ही देखते होली की छुट्टियाँ आ गईं। अब हम दोनों अक्सर एक-दूसरे से बातें करने लगे— कभी घंटों चैट पर, तो कभी कॉल पर। ज्यादातर तो मैं अपने डाउट्स पूछता था, लेकिन कई बार उसे भी लगता कि कोई टॉपिक मैंने पढ़ा या नहीं, तो वो खुद ही पूछ लेती।

होली तक बात यहाँ तक पहुँच गई थी कि अगर मैं अपना लैब रिकॉर्ड छोड़ देता, तो उसका डाइग्राम वो खुद बना देती थी।

धीरे-धीरे उसके साथ समय बिताना मुझे अच्छा लगने लगा था। बस एक ही दिक्कत थी—उसके गाने सुनने का टेस्ट मुझसे बिल्कुल उल्टा था। मैं जहाँ *"तेरा सुरूर"* गुनगुनाने वाला हिमेश रेशमिया का फैन था, वहीं वो *"This is a love story, baby just say yes..."* सुनने वाली लड़की थी।

धीरे-धीरे उसकी प्लेलिस्ट के गानों के लिरिक्स मुझे याद हो गए, और मैंने भी अपने प्लेलिस्ट से उसे कुछ गाने याद करा दिए. "बगल वाली जान मारे ली हो..." और "ऊपर वाली के चक्कर में लइका खूबे पिटेल बा..."

अब तो हम दोनों को कॉलेज में "मोटू-पतलू" की जोड़ी कहा जाने लगा। उसे प्रपोज़ करने की बस एक ही दिक्कत थी—कि चाहे हम खुद को कितना भी मॉडर्न और कूल समझ लें, थोड़ा सा सोसाइटी से एक्सेप्टेंस का ठप्पा तो कहीं न कहीं चाहिए ही होता है।

इसी बीच एक दिन अचानक खबर मिली कि क्षितिज—हमारी ही क्लास का लड़का—श्रेया को कॉफ़ी पर बुला कर ले गया है और वो चली भी गई है। मैंने आव देखा ना ताव, दौड़ता हुआ CCD पहुँचा।

वहाँ पहुँचते ही क्षितिज मुझे देखकर चौंक गया और बोला, "हाय, एस.आर. के!"

मैं अब तक उन दोनों को ढूँढ ही रहा था। आवाज़ की दिशा में देखा—सामने क्षितिज बैठा था, और उसके सामने, मेरी तरफ पीठ करके बैठी थी... श्रेया।

मैं वहाँ पहुँच गया।

"और भाई, अकेले CCD? क्या बात है?" क्षितिज बोला।

"अरे नहीं, बस ऐसे ही। मुझे श्रेया से कुछ बात करनी है।"

क्षितिज बोला, "तो कर ना, सामने ही तो है..."

उसके इतना कहते ही श्रेया चौंककर मेरी तरफ देखने लगी। मेरी साँसें अब भी तेज़ चल रही थीं। मैंने क्षितिज की तरफ देखा और बोला, "बस एक मिनट दे दे मुझे।"

श्रेया ये सुन बोली, "क्या हुआ??"

उसकी आवाज़ सुनते ही मैं उसकी तरफ मुड़ा और बिना सोचे बोले चला गया, "श्रेया, I love you... सच में, बहुत प्यार करता हूँ तुमसे। तुम्हारे साथ रहना चाहता हूँ। और कैसे बताऊँ... मुझे ज़्यादा बोलना नहीं आता।"

श्रेया पूरी तरह से चौंक गई थी। फिर बोली, "मज़ाक मत कर।"

"मैं मज़ाक नहीं कर रहा, क़सम से... विद्या क़सम।"

"भक! पागल है क्या?"

"नहीं, अभी बोल!"

"अभी क्या बोलू? पागल हो गया है? क्यों सीन क्रिएट कर रहा है?"

मैं बोला, "सीन बन रहा है तो बनने दे, तू बस अभी बोल।"

क्षितिज बेचारा चुपचाप उठकर दूर जाकर खड़ा हो गया, जैसे सबको यह जताना चाहता हो कि 'मैं इन दोनों के बीच नहीं हूँ।'

थोड़ी देर की खामोशी के बाद श्रेया बोली, "ठीक है, सोच के बताऊँगी.... अभी प्लीज जाओ।"

"ठीक है, लेकिन मैं भी कॉफी पी लू... पैसे तुम दोगी?"

"हाँ, ठीक है, मेरी कॉफी भी पी लो।"

मैंने हँसते हुए कहा, "अरे क्षितिज, आ ना.... बैठ जा हमारे साथ।"

फिर बेचारा क्षितिज आकर बैठ गया। वह एक वेबसाइट डिज़ाइन कर रहा था, जिसमें श्रेया उसकी मदद कर रही थी। दरअसल, उसी काम की ट्रीट देने के लिए उसने उसे वहाँ बुलाया था। अब वजह चाहे जो भी हो, लेकिन मैं एक लड़का हूँ—और मुझे अच्छी तरह पता है कि अगर कोई लड़का किसी लड़की को 200 रुपये की कॉफी पिला रहा है, तो उसके मन में कुछ न कुछ ज़रूर चलता है।

हाँ, कुछ *exceptions* हो सकते हैं, पर मैं उस दिन कोई रिस्क नहीं लेना चाहता था। इसलिए मैं भी उसके वेबसाइट प्रोजेक्ट में इनपुट देने लगा—"कलर ग्रीन कर दे, टेक्स्ट को ब्लू कर दे"—और साथ ही हर 10-15 मिनट में कुछ न कुछ ऑर्डर कर देता ताकि मेरा मुँह चलता रहे।

पहला चुंबन...!!!

सर, जो भी बड़ी शान से कहता है कि "मेरा पहला चुंबन यादगार था, वाह, अद्भुत था," तो समझ लीजिए कि वो पहला चुंबन नहीं था। सच कहूँ तो, पहला चुंबन जितना रोमांटिक फिल्मों में लगता है, असल ज़िंदगी में उतना ही मुश्किल होता है।

पूरा माहौल बना हुआ था—मौका था, दस्तूर था, और दोनों के लिए ये पहला किस था। दोनों ने यूट्यूब के ट्यूटोरियल्स देख लिए थे, फ्रेंच किस के सारे *steps* याद कर लिए थे—"पहले ऊपर वाला होंठ, फिर धीरे से ज़ीभ, और ये करते रहो..." बाकी की जानकारी तो इमरान हाशमी भैया ने 'आशिक *बनाया आपने*' में दे ही दी थी।

लेकिन उस दिन हमें समझ आया कि किताबों वाला ज्ञान और असली वाला तजुर्बा—दोनों में कितना बड़ा अंतर होता है। अब हुआ यूँ कि दोनों एक साथ ऊपर वाले होंठ पर गए, दोनों का मुँह थोड़ा तिरछा हो गया। फिर बोले, "ठीक है, एक बार और कोशिश करते हैं।" दोनों ने दोबारा मुँह खोला—और *फटाक!* दाँत से दाँत टकरा गए। उफ़्फ़, सारा मूड खराब। आखिरी कोशिश में दोनों ने गार्डन की ओर मुँह मोड़ा, इमरान भाई को याद किया, जीभ निकाली—तो सीधा मूँछ में जा घुसी, फिर नाक की तरफ बढ़ने लगी। दोनों ने झट से पीछे हटते हुए एक साथ कहा, "रहने दो यार, बहुत कठिन काम है ये। हमसे नहीं होगा!"

ये सुनकर सिद्धार्थ पेट पकड़कर हँस पड़ा, "नाक में घुस गए तुम लोग! हाहाहा...!"

"हँस लो सर, हँस लो," उसने हँसते हुए बोला, "फिर धीरे-धीरे मैं इतना बढ़िया किसर बन गया कि इमरान हाशमी सर भी शरमा जाएँ।"

सिद्धार्थ बोला, "अच्छा दोस्त, जब पहला किस ही ऐसा था, तो आगे क्या हुआ होगा, भगवान जाने! तुम दोनों क्या लूडो खेलने के लिए बॉयफ्रेंड-गर्लफ्रेंड बने थे?" सिद्धार्थ नहीं, ये तो उसकी बियर बोल रही थी।

"अरे सर, आगे वाला तो पूछो ही मत! हमारा एक दोस्त था—वही, मेरे रूम के सामने वाला अंकित शुक्ला। उसे तो उसकी गर्लफ्रेंड ने ऐसा धोखा दिया

कि पूछो मत! दोनों एक-दूसरे के इंस्टाग्राम और फेसबुक के पासवर्ड जानते थे। अब वो लड़की अपने नए बॉयफ्रेंड से, उसी अंकित के अकाउंट से चैट करती थी और हर बार चैट डिलीट कर देती थीं।" वो शुक्ला के स्कूल का ही दोस्त था।

सिद्धार्थ ने बीच में पूछा, "मतलब, अंकित को कुछ पता नहीं चला?"

"तीन महीने तक तो हवा भी नहीं लगी उसे," एस.आर.के बोला, "फिर जब उसने नोटिस करना शुरू किया तो देखा कि उसके स्कूल वाले फ्रेंड का मैसेज आता है और डिलीट हो जाता है। उसे शक हुआ, तो उसने एक दिन लाइव वीडियो कॉल कर दिया। उसी वक्त उधर से उसी स्कूल फ्रेंड का वीडियो कॉल आया, और इधर अंकित ने उठा लिया। बस सर, सामने जो नज़ारा था... वो स्कूल वाला फ्रेंड बिना कपड़ों के बैठा था! उस दिन दोस्ती भी गई, प्यार भी गया। और हाँ, अगले ही हफ्ते अंकित ने छूटते ही एक नई गर्लफ्रेंड बना ली!"

अब वो तो बड़ा खिलाड़ी आदमी था—अपनी नई गर्लफ्रेंड के साथ पुरी जाने का पूरा प्लान बना लिया। लेकिन उसे मालूम था कि अगर अकेले जाता, तो इरादे पर शक हो जाता। इसलिए चालाकी से मेरा और श्रेया का भी टिकट और होटल साथ में बुक करा दिया।

असल में, ये हनीमून जैसी ट्रिप पर जाने का सबसे सही टाइम था—छुट्टियों के बाद हॉस्टल लौटने से ठीक पहले। घर से एक दिन पहले निकलो, घूम आओ, और अगले दिन हॉस्टल पहुँच जाओ—किसी को भनक तक नहीं लगती। वरना अगर हॉस्टल से ऐसे गायब हुए तो वार्डन टॉर्च लेकर ढूंढ़ने निकल पड़ती थी।

फिर एस.आर.के ने लंबी साँस लेकर कहा, "सर, उस दिन हमें सच में समझ आया कि ये दुनिया कितनी झूठी है।"

सिद्धार्थ सुनते सुनते बीच में पूछ पड़ा, "क्यों? ऐसा क्या हो गया?"

"सर, आज तक तो पोर्न में ही देखा था कि गलती से कुछ हो गया, रात में अनजाने में दोस्त से गलती हो गई। पर ऐसा असल में बिल्कुल नहीं होता। यह बहुत मेहनत का काम है, और वह भी अर्जुन की तरह निशाना लगाकर करना पड़ता है। हमें भी पूरी तैयारी के साथ पूरा साथ देना पड़ता है। देखिए, सब कहते हैं अर्जुन ने मछली की आँख में तीर मारा, लेकिन बेचारे मछली को भी श्रेय देना चाहिए कि उसने आँख खुली रखी थी, तभी तीर सही लगा।

बड़ी मेहनत और मुश्किल के बाद ही कुछ सफल होता है। यह सब जितना प्रचार में दिखाया गया, असल में वैसा कुछ नहीं होता।

सिद्धार्थ हँसते हुए बोला, "हाहाहाहा.. इसमें भी फेल! क्या फिसड्डी स्टड की कहानी सुना रहे हो?"

"अरे भैया, वो पहली बार था। फिर पूछिए ही मत। बाद में तो बिना छुट्टी भी दोनों घर जाते थे और वापस आते थे। यह 2–3 दिन के हनीमून ट्रिप का सिलसिला चलता रहा, और यह चार साल तक चला। मुझे भी लगने लगा कि मैं भी जॉनी सिन्स से कम नहीं हूँ।"

यह कहते हुए सिद्धार्थ और एस.आर.के. हँस पड़े। खुलकर, बेपरवाह—ऐसी हँसी, जिसमें किसी आने वाले पल का अंदेशा नहीं होता। उनकी हँसी गूँज ही रही थी कि—

अचानक उस हँसी को काटती हुई एक तेज़ "छपाक" की आवाज़ आई।

Part V

उदासी (Depression)

दोनों बातें कर रहे थे कि अचानक 'छपाक' की आवाज़ ने उनका ध्यान खींचा। एक छोटा बच्चा अचानक गंगा में गिर गया। सिद्धार्थ ने बिना कोई देर किए तुरंत छलांग लगा दी और ठंडे पानी से उसे बाहर निकाल लाया। वह बच्चा लगभग पाँच-छह साल का था और बेहोश हो चुका था।

सिद्धार्थ ने तुरंत उसे उल्टा लिटाकर पेट दबाना शुरू किया, फिर मुंह खोलकर सीपीआर दिया। 2-4 बार करने के बाद थोड़ी ही देर में बच्चे के मुंह से पानी निकला और उसने आँखें खोल ली। इसे देखकर सिद्धार्थ ने थोड़ी राहत की साँस ली।

बगल में खड़े एस.आर.के को कुछ समझ नहीं आ रहा था। सच पूछो तो उसका हाथ-पाँव सुन्न हो गया था। ऐसी स्थिति में उस बच्चे को देखकर, और ऊपर से सिद्धार्थ की बहादुरी, जिसने बिना सोचे-समझे ठंडे पानी में कूदकर बच्चे की जान बचाई, देखकर एस.आर.के हैरान रह गया। उसके सामने एक बच्चा मरते-मरते बचा था; उसकी सारी हँसी-ठिठोली गायब हो गई थी और चेहरा पीला पड़ चुका था।

उस बच्चे को गाड़ी में बिठाकर तुरंत बोलेरो दौड़ाई। पहले चाय की दुकान पर रुके, एक कप चाय लेकर वापस गाड़ी में आए और बच्चे को दी। इसके बाद गाड़ी फिर से चल पड़ी। अगला स्टॉप मेडिकल शॉप था, जहां उन्होंने तुरंत पैरासिटामोल ली। थोड़ी ही देर में बच्चे की कपकपी बंद हो गई, और यह देखकर एस.आर.के और सिद्धार्थ दोनों के चेहरों पर राहत और सुकून आया।

"पैर फिसल गया था क्या? तुम्हारे मम्मी-पापा कहाँ हैं?" सिद्धार्थ ने पूछा।

"नहीं भैया, पैर नहीं फिसले थे," बच्चा बोला।

"तो...?" सिद्धार्थ और एस.आर.के दोनों ने चौंककर पूछा। वे सोचने लगे कि अब मम्मी-पापा के बारे में किससे पूछें। वो खयाल दिमाग में आते ही उनको झटका लग गया।

"मैं जानबूझकर कूदा।"

उसके बोलने के बाद दोनों और भी हैरान रह गए।

"क्या तुम पागल हो गए हो? तुम्हारी जान जा सकती थी! मम्मी-पापा कहाँ हैं?" सिद्धार्थ ने पूछा।

"प्लीज़ भैया, उनको मत बुलाना। प्लीज़।"

"अरे, क्या हुआ? बताओ तो सही।" एस.आर.के ने बोला।

"मुझे नहीं पता, भैया।"

"अरे, जब कुछ हुआ ही नहीं, तो पानी में क्यों कूदे? ये कौन सा टाइम है नहाने का?" एस.आर.के ने कहा, और बार-बार सिद्धार्थ को बोलने का मौका नहीं दे रहा था।

"मैं नहाने के लिए नहीं कूदा था," बच्चा बोला।

"तो...?" सिद्धार्थ ने हैरानी से पूछा, और मन ही मन डर रहा था कि जो वह सोच रहा है, वह सच न हो।

"मैं जीना नहीं चाहता भैया।"

उस बच्चे की बात सुनकर एस.आर.के गुस्से से भर उठा। "अरे, एक थप्पड़ लगना चाहिए इसे! इन मोबाइल फ़ोनों ने तो छोटे-छोटे बच्चों का दिमाग ही बिगाड़ दिया है। इतना सा है अभी, ढंग से पैदा भी नहीं हुआ और सुसाइड करने की बात कर रहा है! घर पर अब मम्मी-पापा डाँटते नहीं, और अगर

टीचर कुछ कह दें तो कम्प्लेन हो जाती है। बस, इसी वजह से ये जनरेशन कहीं की नहीं रही! बताइए, क्या यही उम्र है ऐसी बेकार बातें सोचने की?"

वह कुछ और कहता, इससे पहले ही सिद्धार्थ ने उसे रोक दिया और बोला, "क्यों, बाबू? ये सब गलत बातें क्यों सोच रहे हो? तुम्हें तो खेलना-कूदना चाहिए, मस्ती करनी चाहिए... और तुम हो कि मरने की बात कर रहे हो। ये ठीक नहीं है।"

बच्चा हल्की, टूटी हुई आवाज़ में बोला, "खेलना ठीक नही होता भैया, खेलना अच्छा नही होता।"

यह कहते ही बच्चा ज़ोर-ज़ोर से रोने लगा। सिद्धार्थ और एस.आर.के दोनों समझ नहीं पा रहे थे कि क्या करें। ऊपर से बियर के नशे ने उनकी समझ को और भी धुंधला कर दिया था। वे उस बच्चे से ऐसे बात कर रहे थे, जैसे किसी हमउम्र से बात कर रहे हों। अब उन्हें कुछ समझ नहीं आ रहा था—इस रोते हुए बच्चे को कैसे शांत कराएं और कैसे इसे इसके मम्मी-पापा के पास पहुँचाएँ।

"क्या हुआ बच्चा? बताओ तो। ये अंकल पुलिस हैं। कौन तुम्हें खेलने से रोक रहा है? ये अंकल उसे पकड़ लेंगे और बहुत डाँटेंगे," एस.आर.के ने सिद्धार्थ की ओर इशारा करते हुए कहा।

"नहीं अंकल, मुझे नहीं खेलना... मुझे नहीं खेलना अंकल, प्लीज़... मुझे नहीं खेलना..." बच्चा रोते-रोते और ज़ोर से सिसकने लगा।

उसकी यह हालत देखकर सिद्धार्थ की आँखों में भी आँसू आ गए। वह धीरे से बोला, "ठीक है, कोई नहीं खेलेगा... लेकिन बताओ तो, तुम्हें खेलना क्यों नहीं है?"

बच्चा चुप होने का नाम नहीं ले रहा था। एस.आर.के तुरंत पास की चाय की दुकान से लाया हुआ चॉकलेट उसकी ओर बढ़ाने लगा।

"ये लो, अब बताओ क्या हुआ?"

चॉकलेट को बच्चे ने फेंक दिया और रोते-रोते हिचकियाँ लेने लगा। सिद्धार्थ को समझ नहीं आ रहा था कि आखिर यह बच्चा किस दर्द से गुजर रहा है।

"घूमने चलोगे, भैया के साथ? गाड़ी पर बैठकर? बहुत मज़ा आएगा।"

बच्चे ने आँसू पोंछते हुए सिर हिला दिया। सिद्धार्थ और एस.आर.के दोनों ने उसे अपनी गाड़ी में बैठाया और वे लोग लंका की ओर निकल पड़े। शहर की सड़कों पर धीरे-धीरे घूमते हुए माहौल कुछ हल्का हो गया था।

एस.आर.के के मन में बात दब नहीं रही थी। उसने आखिरकार पूछ ही लिया, "क्या खेल खेलते हो तुम लोग?"

अब तक बच्चा नॉर्मल हो चुका था। राइड का आनंद लेते हुए उसने मुस्कुराकर कहा, "मुझे छुपन-छुपाई बहुत पसंद है। हम लोग अक्सर वही खेलते हैं। कभी-कभी खेल में हम कपड़े भी बदल लेते थे, जिससे अक्सर लोग धोखा खा कर हमें गलत नाम से बुला लेते थे। तब बहुत मज़ा आता था।"

सिद्धार्थ ने पूछा, "जब इतना मज़ा आता है खेलने में, तो फिर अब क्यों नहीं खेलना चाहते?"

"क्योंकि मम्मी ने कहा है कि अब मैं बीमार हूँ... इसलिए खेलना ठीक नहीं।"

सिद्धार्थ ने हैरानी से पूछा, "बीमार? क्या हुआ तुम्हें?"

बच्चा कुछ पल चुप रहा, फिर धीमे स्वर में बोला, "एक दिन हम लोग छुपन-छुपाई खेल रहे थे... तभी हमारे मोहल्ले के सबसे बड़े भैया, छोटू भैया, बोले कि एक नया खेल खेलोगे? मैंने हाँ कहा... उन्होंने तुरंत बोला कपड़ा निकालने होंगे। ये खेल मम्मी-पापा भी खेलते हैं, तो मैंने कपड़े निकाल दिए। अक्सर तो हम लोग कपड़े बदलते ही थे, पर फिर..."

यह कहते-कहते उसकी आवाज़ भर्रा गई और आँसू उसके गालों पर लुढ़क पड़े। सिद्धार्थ और एस.आर.के दोनों के चेहरों पर गुस्सा साफ़ झलक रहा था। एस.आर.के ने उसे गोद में लेने की कोशिश की, पर बच्चे ने झटका देते हुए रोते हुए कहा, "फिर मुझे बहुत दर्द हुआ... उन्होंने मेरा मुँह दबा दिया, और उसके बाद सब कुछ अंधेरा हो गया। जब मैं जागा, तो खुद को डॉक्टर के पास पाया। मम्मी-पापा दोनों रो रहे थे। उनका रोना मैं देख नहीं पा रहा था।

"मम्मी मेरे पास आईं और बोलीं, 'चलो, बनारस मौसी के पास चलते हैं... अब तुम यहाँ नहीं रहोगे।' मैंने मम्मी से 'सॉरी' कहा। मेरे पापा बहुत स्ट्रांग हैं—सुपरमैन से भी ज़्यादा—लेकिन उस दिन वो भी रो रहे थे।

"मैं अपने मम्मी-पापा को रोता नहीं देख सकता था। वे हमेशा कहते थे, 'पढ़ाई करो, खेलों में ज़्यादा मत पड़ो, वरना बिगड़ जाओगे।' तब मुझे लगा कि शायद मैं खेलते-खेलते वाक़ई बिगड़ गया हूँ। अब वो लोग मुझे घर वापस नहीं ले जाना चाहते। मेरा इलाज चल रहा था, और मैंने यह भी सुना कि मम्मी को मेरे इलाज के लिए अपने गहने बेचने पड़े।

"मुझे अब लगता है कि मैं बहुत 'खराब' हो गया हूँ... क्योंकि जब पापा मुझे देखते हैं, तो रो देते हैं। रात में जब मैं सोने का नाटक करता हूँ, तब मम्मी-पापा मेरे सिर पर हाथ रखकर रोते हैं। मैं जागा रहता हूँ... पर आँखें बंद किए रहता हूँ, क्योंकि अगर मैं जागा हुआ दिख गया, तो पापा मुझे छूते भी नहीं..."

"मैं शायद बहुत खराब हो गया हूँ, इसलिए ही मरना चाहता था, भैया। पापा हमेशा कहा करते थे—'पढ़ोगे-लिखोगे बनोगे नवाब, खेलोगे-कूदोगे बनोगे खराब।' मैं अपने पापा को रोते हुए नहीं देख सकता, अंकल। प्लीज मुझे गंगा जी में कूद जाने दीजिए... वे तो मुझे साफ़ कर देंगी, न? "उनमें तो सब कुछ पवित्र

हो जाता है। दादाजी को भी इसमें बहाया गया था, और वे सितारा बन गए थे। प्लीज, भैया, मुझे जाने दो।"

उसका हिचकना और रोना धीरे-धीरे थमते-थमते वह सो गया। बच्चा हो या बड़ा, कह देने के बाद दिल हल्का हो ही जाता है। उस बच्चे ने बातचीत के दौरान बता दिया था कि कमच्छा बैजनाथ मंदिर के पीछे मौसी का घर है।

वे लोग उस समय वहाँ घूमे; जगह पूरी तरह शांत थी, इसलिए उन्होंने सोचा कि सुबह जब बच्चा ढूँढने निकलेंगे और किसी हलचल या शोर-शराबे के कारण उस बच्चे के मम्मी-पापा वहां पहुँच जाएंगे। यदि नहीं, तो सुबह-सुबह खुद ही जाकर उस इलाके में पूछताछ करेंगे; कोई न कोई बच्चे को पहचान ही लेगा।

अब बच्चा गाड़ी में सो चुका था। उसे पिछली सीट पर सुरक्षित सीट बेल्ट लगाकर बैठा दिया गया। सिद्धार्थ ने एस.आर.के की ओर मुड़कर कहा: "क्यों जॉनी सिन्स... ये पोर्न और मोबाइल की वजह से ही ऐसे घिनौने काम होते हैं, जिन्हें तुम लोग भगवान मानकर पूजते हो। शर्म नहीं आती?"

सिद्धार्थ का गुस्सा जायज़ था। अब एस.आर.के को भी अपने किए हुए मज़ाक पर शर्म आने लगी थी।

सिद्धार्थ गुस्से में बोला, " बोल... अब बता..., कितना बड़ा स्टड है तू... रुक क्यों गया? श्रेया के बाद और कौन-कौन थी, जो तेरे इमरान हाशमी और जॉनी सिन्स से मिली? बोल न।"

उसका गुस्सा कम होने का नाम ही नहीं ले रहा था और सारा गुस्सा एस.आर. के पर निकल रहा था।

एस.आर.के ने कहा, "ऐसा नहीं है, सर..." लेकिन गुस्सा उसे भी आ रहा था।

"तो कैसा है? बोल ना... सुना ना अपनी कहानी, चुप क्यों हो गया? मार अर्जुन मछली की आँख में तीर... क्या हुआ अर्जुन को?"

एस.आर.के. ने कहा, "सर, आप कुछ नहीं जानते मेरे बारे में। सर, छोड़िए... जाने दीजिए, गाड़ी चलाइए।"

"क्या गाड़ी चलाऊँ? क्या... बोल... ऐसा-ऐसा कांड किया है कि मैं भी समझ नहीं पा रहा कि क्या कहूँ। तुम जैसे लोगों की वजह से ये सब होता है, जो हर बात को बढ़ा-चढ़ाकर बोलते हैं। इसके साथ गंदा काम करने वाला लड़का 11-12 साल का होगा... बिल्कुल उस बसंती की उम्र का। अब बोल, तो उन्हें समझाना चाहिए, वरना ऐसा होते रहेगा। बोल न, चुप क्यों हैं?"

"क्या बोलूँ, सर? क्या कहूँ?"

"चल, तू अपनी कहानी शुरू कर, उसी मज़े के साथ। अब मैं सुनना चाहता हूँ। बियर निकाल, और बची हुई है... पीते हैं और सुनते हैं तेरी कहानी। मुझे आज की रात सब जानना है।"

सिद्धार्थ ने गाड़ी किनारे लगाई और गुस्से में बियर की एक बोतल उसकी ओर फेंकी, और खुद एक खोल ली।

"रहने दीजिए ना, सर... छोड़िए ना।"

"नहीं—मैं इसे टालने नहीं दूँगा। यहीं तेरी पूरी कहानी सुनूँगा, हर एक बात।"

"सारा गुस्सा आप मुझ पर उतार रहे हैं। आपको मैं बहुत बड़ा स्टड लग रहा हूँ, तो सुनिए सर... आज मैं भी आपको पूरी कहानी सुनाता हूँ।"

"ईमानदारी से सुनाना, अपनी गलती या गलत काम को छुपाना नहीं।"

"नहीं, सर। मैं कुछ नहीं छुपाऊँगा। आज मैं आपको पूरी ईमानदारी से सब कुछ सच-सच बताऊँगा।"

Part VI

पुनर्विचार (Reconstruction)

कॉलेज खत्म हुआ, और उसके साथ ही श्रेया को यह समझ आ गया कि हम दोनों का कुछ हो नहीं सकता। हमारी जातियाँ अलग थीं। एक दिन उसने मुझसे कहा, "एस.आर.के., तुम परफेक्ट बॉयफ्रेंड मटेरियल हो, लेकिन हज़बैंड मटेरियल नहीं।"

मुझे उस समय उसकी बात का मतलब पूरी तरह समझ नहीं आया, पर मन में यही सोचा—जाने दो, अगर जाना चाहती है तो जाए। मुझे लड़कियों की कोई कमी नहीं होगी। मैं आईटी जॉब में था, जहाँ लड़कियों से बातचीत और इंटरैक्शन अक्सर होता रहता था। अब मैं पूरी तरह बेफिक्र हो चुका था, जैसे किसी ने मुझे आज़ाद कर दिया हो। मन ही मन यह सोचकर खुश भी था कि अब ज़िंदगी को और खुलकर एक्सप्लोर कर पाऊँगा।

सिद्धार्थ अचानक बोल पड़ा, "ठरकी!"

"सर, प्लीज बीच में कमेंट मत कीजिए। मैं आपको वही सब बता रहा हूँ जो उस समय मेरे मन में चल रहा था। हालाँकि, यह मेरा अपना डिफेंस मैकेनिज़्म था—उस टूटे हुए रिश्ते के दर्द से उबरने का एक ज़रिया। लेकिन आपने मुझसे सब कुछ ईमानदारी से बताने को कहा है, इसलिए मैं कुछ भी छिपा नहीं रहा। बस, आप बीच में मत बोलिए।"

"ठीक है, ठीक है, कंटिन्यू करो।" सिद्धार्थ ने कहा। अब माहौल ऐसा लगने लगा था, जैसे वह किसी अपराध की जाँच कर रहा हो और एस.आर.के. कोई अपराधी हो, जो यह कह रहा है कि उसने सब कैसे किया।

उसके बाद दो-चार दिन तक अच्छा लगा—सबको फ्रेंड लिस्ट में ऐड कर रहा था, सबको रिक्वेस्ट भेज रहा था। लेकिन कुछ ही समय बाद एक अजीब-सा

खालीपन महसूस होने लगा। श्रेया के बिना मैंने पिछले चार-पाँच साल में एक भी दिन नहीं बिताया था। मुझे उसे बताना था कि मेरी ज़िंदगी में क्या हो रहा है, पर वो फोन नहीं उठा रही थी।

धीरे-धीरे ऐसा लगने लगा जैसे साँस रुक रही हो, मानो किसी ने मेरे सीने पर कोई भारी पत्थर रख दिया हो।

कई बार कॉल करने के बाद, उसी रात मैं श्रेया की बिल्डिंग के नीचे पहुँच गया। उसे मैसेज भेजकर नीचे आने को कहा। वो आई। मैंने उसके पैर पकड़ लिए और कहा —

"प्लीज, मुझे छोड़ के मत जाओ... मैं हसबैंड मटीरियल भी बन जाऊँगा।"

पर फिर वो बोली —

"अब बहुत देर हो चुकी है।"

उसके बाद उसने मेरे दोस्तों को फ़ोन कर दिया। वे लोग आए और मुझे अपने साथ ले गए। उसी दिन मैंने ज़िंदगी में पहली बार शराब पी। और सिर्फ़ पी ही नहीं—जो हाथ लगा, सब पी लिया। उस रात मैं बहुत रोया, ज़ोर-ज़ोर से फूट-फूटकर रोया। मेरे कॉलेज के दोस्त भी मेरे साथ रो रहे थे।

यह सिलसिला कई महीनों तक चलता रहा। फ़ोन, वॉट्सऐप, और ईमेल—सब कुछ करता रहा, पर कोई जवाब नहीं मिला। धीरे-धीरें यह सब कम होता गया।

इसी बीच मेरा दोस्त राहुल, जो पुणे में था, मुझसे मिलने भुवनेश्वर आया। उसकी एक गर्लफ्रेंड थी—डेंटल कॉलेज की स्टूडेंट। उससे मिलने आया था। उसकी गर्लफ्रेंड के साथ उसकी दो सहेलियाँ भी आई थीं—स्नेहा और महक। स्नेहा बेहद खूबसूरत थी; मैंने उसे कॉलेज में एक-दो बार देखा भी था। हम दोनों की बातचीत शुरू हो गई।

हम लोग बार में कुछ देर बैठने के बाद मेरे फ्लैट पर आ गए। महक अपनी दोस्त के घर चली गई, और स्नेहा और मैं हॉल में अकेले रह गए। बातचीत आगे बढ़ी। उसने बताया कि वह मेरा प्ले देख चुकी थी।

"तू प्ले भी करता था?" सिद्धार्थ ने बीच में पूछा।

"हाँ, सर। प्ले, नुक्कड़ नाटक। वरना मेरा नाम एस.आर.के. कैसे पड़ता?"

"अच्छा, ये सब कब किया? और क्या किया? बताया ही नहीं।"

"भैया, मैंने अपनी कॉलेज लाइफ़ की पूरी कहानी विस्तार से अपनी डायरी में लिखी है। वो आपको दे दूँगा, आराम से पढ़ लीजिएगा। लव लाइफ़ के अलावा भी ज़िंदगी के कई इंटरेस्टिंग पहलू हैं। लेकिन अभी जो कहानी सुना रहा हूँ, उसे पूरा कर लूँ?"

"हाँ, हाँ, आगे बोल," सिद्धार्थ ने सिगरेट जलाते हुए उसे कहानी जारी रखने को कहा।

"फिर क्या था, सर—हम दोनों के बीच क्लोज़नेस बढ़ने लगीं। मेरा हाल ही में ब्रेकअप हुआ था, तो लगा कि शायद अब मूव ऑन करने का यही रास्ता है... पर..."

"पर क्या?"

"अंदर से कुछ फील नहीं आया।"

"मतलब?" सिद्धार्थ ने हैरानी से पूछा।

"मतलब, भैया... वो लड़की बहुत ख़ूबसूरत थी—काबिल-ए-तारीफ़। सब कुछ परफ़ेक्ट था—उसका चेहरा, उसकी मुस्कान, सब कुछ। वो मेरे बेहद क़रीब थी, पर मेरे भीतर कुछ फील नहीं आया।

"होता है, होता है..." सिद्धार्थ ने सिगरेट का कश लेते हुए कहा, "ब्रेकअप के बाद कई बार ऐसा होता है। और सिगरेट भी इतना पी लिए थे," सिद्धार्थ ने समझाते हुए कहा।

"हाँ, मुझे भी पहले यही लगा।"

"वही लगा मतलब?" सिद्धार्थ फिर चौककर पूछा।

"स्नेहा और मैंने कई बार ट्राई किया, और हर बार रिज़ल्ट वही।"

"ओह, समझा। सेक्सुअल कंपैटिबिलिटी किसी-किसी के साथ नहीं मिलती। इसमें ज़्यादा परेशान होने की बात नहीं है।"

"मैं भी टेंशन नहीं लेता, सर... अगर..."

"अगर क्या..?"

"फिर ये सिलसिला चलता रहा—सौम्या, माधवी, मधु... करीब 7-8 अलग-अलग लड़कियाँ। करीब 50-60 बार कोशिश की—नशे में, बिना नशे में, हर तरह से। लेकिन रिज़ल्ट हर बार वही।"

"मतलब कुछ गड़बड़?" सिद्धार्थ ने इशारा करके पूछा।

"नहीं, सर। सब ठीक था। उनके जाते ही या कोई मूवी देखकर... सब ठीक हो जाता। पर अजीब सी प्रॉब्लम थी।"

"ये प्रॉब्लम पहले कभी हुई थी?"

"नहीं, सर। मैंने आपको बताया था ना कि श्रेया और मेरे बीच सब कुछ बिल्कुल ठीक चल रहा था।"

"हाँ, तो फिर इतनी जल्दी—एक-दो महीने में—इतनी कोशिश करने की क्या ज़रूरत थी?"

"सर, मैंने यह सब एक-दो महीने में नहीं किया। ये मैंने श्रेया को छोड़ने के बाद 5 सालों में किया। इनमें से कई तो सीरियस रिलेशनशिप में भी थीं। लेकिन हर बार यही वजह बनी और रिश्ता टूट गया।"

"फिर तुमने किसी डॉक्टर को दिखाया?" सिद्धार्थ ने पूछा।

"हाँ, सर, दिखाया था।"

"तो डॉक्टर ने क्या बोला?"

"उन्होंने बताया कि मुझे *डेमिसेक्शुअलिटी* है।"

"मतलब...?" सिद्धार्थ फिर से चौककर पूछा।

"मतलब, सर... मैं बस उनके साथ ही फिजिकल हो सकता हूँ, जिनके साथ मैं इमोशनली डीप बॉन्ड करूँ।"

"ओह। तो फिर पहले गर्लफ्रेंड बनाओ, फिर मज़े करो।" सिद्धार्थ ने कहा।

"सर, आप जानते हैं, जब 7-8 लोग आपको 'गे' कह दें, तो कॉन्फिडेंस कितना लो हो जाता है। और जब पहली बार में सब कुछ ठीक नहीं होता, तो फिर मन में डर बैठ जाता है कि अब कभी नहीं होगा। डॉक्टर ने बस एक टर्म बताया, *डेमिसेक्शुअलिटी*.... ऐसे बहुत सारे टर्म्स हैं ऐसे डिसऑर्डर्स के। और, सर, बस प्रॉब्लम ये नहीं है। प्रॉब्लम ये है लोग सच में 'गे' समझ लेते हैं। मुझे 'गे' लोगों से कोई दिक्कत नहीं है, लेकिन मैं वैसा नहीं हूँ। अगर मुझे लड़कों में इंटरेस्ट होता, तो मैं खुलकर बोलता कि मुझे लड़के पसंद हैं। लेकिन जब मुझे लड़कियाँ पसंद हैं, तो कैसे बोलू खुद को 'गे'?"

सिद्धार्थ चुपचाप सुनता रहा।

"सर, आपको क्या लगता है?" वह आगे बोला, "आज की तेज़ रफ़्तार ज़िंदगी में अगर कोई महीने भर के अंदर फिजिकल ना हो, तो गर्लफ्रेंड को शक होने लगता है। आज लोग शादी से पहले 'सेक्शुअल कंपैटिबिलिटी' चेक करने के लिए रिश्ते बनाते हैं। इधर सेक्शुअल कॉम्पैटिबिलिटी चेक करने के लिए मुझे एक-दो साल भी लग सकते हैं।.किसके पास है इतना टाइम?"

"सर, मुझे अकेला नहीं रहना। मुझे भी प्यार चाहिए। लेकिन यह प्यार क्या किसी बाज़ार में मिलता है? आजकल लड़के अपने 'परफॉर्मेंस' का झंडा उठाकर ऑर्गैज़्म की बातें करते हैं। और मुझे एक ऐसी बीमारी है कि मुझे वहाँ तक पहुँचने के लिए ही सालों लग जाते हैं।"

"घरवाले पीछे पड़े हैं, सर—कहते हैं शादी कर लो, अरेंज मैरिज कर लो। लेकिन आप ही बताइए, सर... मेरी हिम्मत ही नहीं होती कि सुहागरात पर घूँघट उठाऊँ। न जाने उस समय क्या होगा।

डॉक्टर ने भी साफ़-साफ़ मना किया है कि दवा या किसी ज़बरदस्ती के उपाय से इसे 'ट्राई' मत करना। उन्होंने कहा है कि ऐसा करने से मेरे ऊपर बहुत बुरा मनोवैज्ञानिक प्रभाव पड़ सकता है। यह डर है कि शायद उसके बाद मैं कभी ना कर पाऊँ।"

"तो क्या मैं सारी ज़िंदगी इस डर में भागता रहूँगा कि अपनी बीवी के पास न जाऊँ, घर न लौटूँ? कि कहीं वह मुझे 'गे' न समझ ले, कहीं अपने घरवालों से न कह दे, कहीं तलाक न हो जाए, कहीं बदनामी न हो जाए?

सर अब बोलिए ना ठरकी... हाँ, सर, मैं ठरकी आदमी बनना चाहता हूँ, लेकिन बन नहीं सकता। सच यह है कि मैं बन ही नहीं सकता..."

"कोई बात नहीं, एस.आर.के.," सिद्धार्थ ने शांत स्वर में कहा, "इतना मत सोचो। सब ठीक हो जाएगा। अरेंज मैरिज कर लो। पत्नी समझ जाएगी।"

"कैसे समझ जाएगी, सर? कैसे? और क्या मैं सिर्फ़ उम्मीद पर उसकी और अपनी ज़िंदगी बर्बाद कर दूँ? उसके भी तो कुछ सपने होंगे। उसके दोस्त उसे चिढ़ाएँगे—पूछेंगे, 'बताओ, रात में क्या हुआ?' वह क्या जवाब देगी?

सर, बहुत बार 'गे' सुन चुका हूँ, लेकिन अब अपनी बीवी से यह नहीं सुन सकता। फिर उसकी नज़रें, उसके ताने... और शायद मैं आपकी तरह घर छोड़कर भागता फिरूँ। छोड़िए, सर। सच कहूँ तो मैं आपके पास अपनी कहानी सुनाने ही आया था... लेकिन ख़ैर..."

सिद्धार्थ अब कुछ समझ नहीं पा रहा था। वह उसे रोकना चाहता था, लेकिन सुबह हो चुकी थी और लोग आने-जाने लगे थे। रास्ते में चाय की भीनी-भीनी

खुशबू हवा में फैल रही थी। बनारस पूरी तरह जाग चुका था।

सिद्धार्थ कुछ बोलना चाहता था, लेकिन इससे पहले ही एस.आर.के. बोल पड़ा,

"आप थोड़ी देर गाड़ी में सो लीजिए, सर। मैं बच्चे को उसके माँ-बाप के पास छोड़ देता हूँ... और आपको गाड़ी भी चलानी है।"

उसे जाते देख सिद्धार्थ ने कहा, "एस.आर.के, सुनो... अगर तुम बसंती को जानते हो, तो क्या कल उसे बुला सकते हो?"

"ठीक है, सर। कल साथ लेकर आऊँगा," ये बोलकर एस.आर.के. उसकी आंखो से ओझल हो गया।

और सिद्धार्थ बोलेरो की सीट को पीछे कर के आराम से सो गया।

Part VII
स्वीकृति (Acceptance)

जब सिद्धार्थ की आँख खुली, तो सुबह के नौ बज चुके थे। उसने गाड़ी में देखा, लेकिन एस.आर.के. कहीं दिखाई नहीं दिया। वह चारों ओर देखने लगा, यह सोचकर कि वह पास ही होगा। फोन निकालने पर उसे याद आया कि उसने एस.आर.के. का नंबर भी नहीं लिया था। थोड़ी देर इंतजार करने के बाद, वह एस.आर.के. को ढूँढने निकल पड़ा।

वह बैजनाथ मंदिर के पीछे गया और वहां के लोगों से पूछा, "क्या किसी का छोटा-सा बच्चा गायब है? उसके चेहरे पर एक तिल है, बहुत प्यारा बच्चा है, और उसके साथ एक दाढ़ी वाला लड़का है, बिल्कुल जवान।" हालाँकि, वहाँ के लोगों ने किसी को भी नहीं देखा था।

सिद्धार्थ बिल्कुल परेशान हो गया। उसने हर जगह ढूँढा और पास के पुलिस स्टेशन भी गया, यह जानने के लिए कि क्या कल रात से किसी बच्चे के गुम होने की रिपोर्ट दर्ज हुई है। कामच्छा से लेकर लंका तक के हर थाने में घंटी बजाई, लेकिन कहीं से भी ऐसी कोई रिपोर्ट नहीं आई।

थक-हार कर वह गाड़ी में वापस बैठ गया और सोचने लगा कि शायद एस.आर.के. ने बच्चे को उसके माँ-बाप के पास पहुँचा दिया होगा। रात भर की परेशानियों के बाद, उसने सोचा, शायद उसने बच्चे को सुरक्षित ही छोड़ दिया।

यहीं सोचते-सोचते उसकी पत्नी का कॉल आया।

"घर आ रहे हो?"

"हाँ, थोड़ी देर में। पहले थाने से होकर आऊँगा।"

"ठीक है।"

सिद्धार्थ ने यह सुनते ही फोन काट दिया। कुछ समय बाद उसने फिर से फोन उठाया और "डेमिसेक्शुअल" शब्द सर्च किया। इसके बाद उसने अपनी गाड़ी एक चाय की दुकान पर रोकी और फिर सर्च किया: "क्या कोई केवल एक ही पार्टनर के साथ फिजिकल हो सकता है? इसके पीछे क्या कारण हो सकते हैं?"

सब मिला-जुला कर फिर से नाम आया—डेमिसेक्शुअल। लेकिन डेमिसेक्शुअल होने का कोई विशेष कारण नहीं पता चला। जैसा कि सिद्धार्थ को लग रहा था कि शायद यह कोई बीमारी है, ऐसा भी नहीं था। डेमिसेक्शुअल होने के पीछे कई वजह हो सकते हैं— शायद ये किसी पुराने बुरे अनुभव या किसी एक इंसान से ज़रूरत से ज़्यादा प्यार करने की वजह से हुआ होगा।

सिद्धार्थ ने सिगरेट बुझाई, गाड़ी चलाने लगा और बार-बार एस.आर.के. और उस बच्चे के बारे में सोचते हुए आगे बढ़ा। अभी तक उन दोनों के अचानक गायब होने का कोई ठोस कारण उसे नहीं मिल रहा था, न ही उनके बारे में कुछ पता चल पा रहा था।

यही सोचते-सोचते वह सीधे थाने पहुँचा। वहाँ सब उसे अजीब नजरों से देख रहे थे।

उसने मनोज को रोककर पूछा, "क्या हुआ, मनोज?"

"अरे सर, हमारे पास नीलेश का केस था?"

"हाँ, क्या हुआ?"

"आपने खबर नहीं देखी क्या?"

"नहीं, भाई। बताओ, क्या हुआ?"

"वो हाई कोर्ट का फैसला आया कि नीलेश की कोई गलती नहीं थी। अगर कोई पार्टनर अपने पार्टनर से फिजिकल होने की इच्छा नहीं जताता, तो सभ्य समाज में वह सेक्स के लिए कहाँ जाएगा? ये हाई कोर्ट के जज ने कहा।"

पूरे थाने में लोग आपस में बातें करने लगे, और उनकी आवाज़ें सिद्धार्थ के कानों में जा रही थीं।

"अब कौन किसका भरोसा करे, भाई? कोर्ट ने कहा कि दहेज का केस पूरी तरह झूठा है, और मारपीट के जो सबूत सामने आए हैं, वे भरोसे के लायक नहीं हैं।"

दूसरे ने कहा,

"पक्का उस औरत का कहीं चक्कर चल रहा होगा, इसलिए पति पर झूठा केस दर्ज कर फँसाया।"

इतने में पीछे से सावन ने कहा, "बेचारे सर ने तो गुस्से में आकर उसकी खूब पिटाई भी कर दी थी।"

"अब इसमे सर की क्या गलती? उस वक्त तो सबको यही सही लग रहा था।"

"पता नहीं साहब, कौन सच बोल रहा है और कौन झूठ। आजकल तो पता ही नहीं चलता। और इसपर लोग कहेंगे कि पुलिस कार्रवाई नहीं करती।"

सिद्धार्थ उन सभी की बातें सुन रहा था, लेकिन उन्होंने उनकी ओर पीठ कर रखी थी, ताकि ऐसा लगे कि उसे इन चर्चाओं से कोई फ़र्क़ नहीं पड़ रहा।

यह सुनकर करकेता जी बाहर आए और बोले, "अरे, यह मर्दों की दुनिया है, बाबा... जज मर्द था, तो उसे औरत एक सेक्स ऑब्जेक्ट की तरह ही दिखेगी ना। सब अपने हिसाब से फैसले सुनाते हैं। छोड़ो, सब को।"

सिद्धार्थ को ऐसा लगा कि करकेता जी यह बात सिर्फ़ इसलिए कह रहे हैं, ताकि सिद्धार्थ को नीलेश को पीटने के लिए दोषी न ठहराया जाए।

सिद्धार्थ ने स्टाफ रूम में जाना बेहतर समझा। जैसे ही उसने दरवाजा खोला, वह डर गया और चौंक कर वहीं ठिठक गया। उसकी साँसें अटक गईं, और मुँह से कोई आवाज़ नहीं निकल रही थी।

उसने देखा कि एस.आर.के., वह छोटा बच्चा और बसंती—तीनों पंखे से लटक रहे थे। उनकी आँखों में जीवन की थोड़ी-सी चमक बाकी थी, और वे केवल सिद्धार्थ की ओर देख रहे थे।

सिद्धार्थ दौड़ा। वह हवाई चप्पल पहने हुए था। ज़मीन पर पड़े जूते के कारण उसका पैर फिसल गया। टेबल पर इतना सामान बिखरा हुआ था कि उसने कुर्सी खींची। कुर्सी की कम ऊँचाई के कारण उसने कुर्सी के हाथ पर अपना पैर रखा। लेकिन तार से बंधा हुआ हाथ टूट गया। सिद्धार्थ नीचे गिर पड़ा। अब बहुत देर हो चुकी थी।

आवाज़ सुनते ही बाकी लोग भी दौड़ते-भागते आए। अंदर का नज़ारा देखकर सब सन्न रह गए। किसी में हिम्मत नहीं थी कि वह अंदर जाए; सब दरवाजे पर ठिठककर केवल देख रहे थे।

पीछे से किसी ने करकेता जी को आवाज़ दी। वह दौड़ते हुए आए। वहाँ मौजूद सभी लोग बस पंखे को देख रहे थे।

करकेता जी ने सबको डाँटा, "एई ! हटो, जगह खाली करो, जाने दो।"

जब उन्होंने भीतर का नज़ारा देखा, तो वे भी स्तब्ध रह गए। सदमे में वह फोल्डिंग कुर्सी पर धप्प से बैठ गए। सामने पंखे से सिद्धार्थ की लाश लटक रही थी। उसकी आँखें जैसे उन्हें ही देख रही थीं।

वे लोग कुछ समझ ही नहीं पा रहे थे। तभी पीछे से मनोज ने कहा, "ऐसा ही इनके दोस्त के साथ भी हुआ था। कोई सुसाइड नोट भी नहीं छोड़ा।"

करकेता जी के कहने पर सिद्धार्थ की लाश को नीचे उतारा गया और उसे धँसी हुई फोल्डिंग बेड पर लिटा दिया गया। पूरे कमरे की तलाशी ली गई।

तभी मनोज ने कहा, "सर, एक डायरी मिली है। इस पर लिखा हुआ है —

One and Only Sidharth Raj Kumar. "असली ठग।"

जब आप किसी से पूरी ज़िंदगी नफरत करते हैं और एक वक्त आपको लगने लगे की आप खुद उस इंसान जैसे बन गए हो तो ..... !

खुद से भागते हुए, जब आप फिर अपने आप से मिलते हैं, तब भी आप खुलकर बात नहीं कर पाते। कभी थप्पड़ से मुँह चुप कर दिया तो कभी बियर का सहारा लेकर अपने डर को नदी मे फ़ेंक दिया।

वह एक असली ठग था, जिसने न केवल खुद को, बल्कि अपने साथियों और परिवार को भी ठगा। जब तक यह बात उसके परिवार और दोस्तों तक पहुँचती, बहुत देर हो चुकी थी।

वह बीवी, जो रोज़ उसका इंतजार करती थी, शायद अपनी किस्मत या अपनी गलती समझ रही थी। उसकी माँ बार-बार खुद को कोस रही थी। उसका भाई, उससे हुई आखिरी बातों को याद करके पछता रहा था। उसके दोस्त, जिन्हें वह कॉल कर हालचाल लेने के लिए कहता, अब इसका अफसोस मनाते थे।

उसका साथी, जो रात में उसे अकेला छोड़ने का जिम्मेदार था, खुद को दोषी मान रहा था। और उसके सहयोगी, जो पीठ पीछे उसके साथ मज़ाक कर चुके थे, अब शर्मिंदा होकर अपना मुंह छुपाए फिर रहे थे।

कोई कुछ बोल नहीं पा रहा था; सबको यह लग रहा था कि काश यह केवल मज़ाक होता या कोई सपना।

लेकिन ठग ने अपना खेल दिखा दिया था। अब इसे किस्मत मानकर आगे बढ़ना ही उनका मुक़द्दर था। उसने किसी को नहीं छोड़ा था। उसका हर सगा, जितना नज़दीकी था, उतना ही अधिक ठगा गया था।